FRANZ GRILLPARZER

LIBUSSA

TRAUERSPIEL IN FÜNF AUFZÜGEN

MIT EINEM NACHWORT
VON HEINZ RIEDER

PHILIPP RECLAM JUN. STUTTGART

Der Text folgt bei behutsamer Modernisierung der Orthographie der historisch-kritischen Gesamtausgabe: Franz Grillparzer, Sämtliche Werke, I. Abteilung, 6. Band, Wien 1927.

Universal-Bibliothek Nr. 4391

Gesetzt in Petit Garamond-Antiqua
Printed in Germany 1975. Satz: G. Jantsch KG, Günzburg/Do.
Druck: Reclam Stuttgart
ISBN 3-15-004391-3

PERSONEN

Kascha, Tetka, Libussa – *Schwestern*

Primislaus

Domaslav, Lapak, Biwoy – *Wladiken*

Wlasta, Dobromila, Swartka, Slawa, Dobra – *Dienerinnen der Schwestern*

Ein Weib mit einem Kinde

Landleute

Gewaffnete

Diener

ERSTER AUFZUG

Offner Platz im Walde. Rechts im Vorgrunde eine Hütte.
Daneben brennt ein Feuer.

Primislaus *(an der Tür der Hütte horchend).*
Bist du schon fertig?
Libussa *(von innen).*
Nein.
Primislaus *(nach vorn kommend).*
Ihr Götter!
Ist es denn wahr? und ist es wirklich so?
Daß ich im Walde ging, längshin am Gießbach,
Und nun ein Schrei in meine Ohren fällt,
Und eines Weibes leuchtende Gewande,
Vom Strudel fortgerafft, die Nacht durchblinken.
Ich eile hin und fasse sie, und trage
Die süße Beute, laue Tropfen regnend,
Hierher; und sie erholt sich, und ich löse
Die goldnen Schuhe selbst ihr von den Füßen,
Und breit ins Gras den schwergesognen Schleier,
Und meine Hütt' empfängt den teuern Gast.
Glückselige, ihr meiner Schwester Kleider,
Die sie getragen und mir sterbend ließ,
Ihr werdet dieser Hohen Leib umhüllen,
Und näher sie mir zaubern, die so fern.
Libussa *(in ländlicher Tracht aus der Hütte tretend).*
Hier bin ich, und verwandelt wie du siehst.
Des Bauern Kleider hüllen minder warm nicht
Als eines Fürsten Rock; insoweit, merk ich,
Sind sie sich gleich.
Primislaus. Du Hohe, Herrliche!
Wie zierst du diese ländlich niedre Tracht!
Das Bild der Schwester, die mir kaum entschwand,
Es tritt in dir neu atmend mir entgegen,
Dasselbe Bild, doch lieblicher, gewiß.
Libussa. Auch für die Kleider Dank! du mein Erretter!

Wenn Rettung ja wo die Gefahr nicht groß.
Ich half mir selbst, glaub nur! erschienst du nicht.
Doch nun erfülle ganz dein schönes Wort
Und bring mich zu den Meinen wie du wolltest.
Primislaus. Dein edler Leib, bedarf er nicht der Ruh?
Libussa. Ich hab geruht, nun ruft mich ein Geschäft.
Primislaus. Bei dem ein Helfer dich nicht fördert?
Libussa. Nein.
Primislaus. Du hast den Ort bezeichnet, der dein Ziel.
Geleiten sollt' ich zu drei Eichen dich,
Die auf dem Hügel stehn am Weg nach Budesch.
Ist dort dein Haus?
Libussa. Dort nicht.
Primislaus. Vielleicht von da aus
Erkennst du selbst den Weg?
Libussa. So ist's.
Primislaus. Und ich
Soll dort dem Ungefähr dich übergeben,
Das niemals wohl uns mehr zusammenführt?
Libussa. Der Menschen Wege kreuzen sich gar vielfach
Und leicht begegnet sich Getrennter Pfad.
Primislaus.
Du bist kein Weib um das man werben könnte?
Libussa. Du hast's erraten.
Primislaus. Und, verbeut's dein Stand,
Sind's andre Gründe, die's verbieten?
Libussa. Beides.
Nun noch einmal: gedenke deines Worts
Und führe mich aus dieses Waldes Schlünden
Zum Ziele meines Weges, das du kennst.
Primislaus.
Wohl, du gebeutst und ich muß dir gehorchen.
Dort angebunden steht mein wackres Roß,
Gefällt's dir, so besteig es, und ich leite
Am Zügel es den Trennungs-Eichen zu.
Den *Trennungs*-Eichen! Wohl für immer. Sei's denn!
Dein Schmuck liegt hier im Grase rings verstreut.
Der Schleier da, die goldnen Schuhe hier,
Des Gürtels reiche Ketten aufgesprengt
Und in zwei Stücken ein so schönes Ganze.
Ich samml' es dir und trag es dienend nach,

Bis an dem Ort der Trennung du's erhältst.
Und kehr ich wieder in die heim'sche Hütte
Ist deines Daseins jede Spur verweht,
Das Gras selbst wo du tratest, es ersteht,
Und wie ein Träumender nach seines Traums Entschwinden,
Frag ich mich selbst: wie war's? und weiß mich nicht zu finden.
Komm denn!

Libussa. Noch eins vorerst, das ich vergaß.
(Sie geht in die Hütte.)

Primislaus. Ich will ein Zeichen nehmen meiner Tat,
Daran ich sie, sie mich dereinst erkennt,
Denn sie verhehlt, ich seh's, mit Fleiß ihr edles Selbst.
Des Gürtels goldnen Ketten eingefügt
Seh ich ein Kleinod, wohl nicht reich zumeist,
Allein beprägt mit Bildern und mit Sprüchen;
Das lös ich los und wahre mir's als Pfand,
Das Namen mir enthüllt und Stamm und Haus und Stand.
(Er steckt das Kleinod in den Busen und sammelt Libussens übriges Geräte.)

(Libussa kommt zurück, ein Körbchen mit Kräutern tragend.)

Libussa. Sieh mich zurück!

Primislaus. Und mich bereit.

Libussa. Wohlan!
Wo ist dein Pferd?

Primislaus. Sieh, dort!

Libussa. So komm!

Primislaus. Mit Gott!

(Sie gehen. Primislaus Libussas Gewande tragend. – Pause. Dann kommt Wlasta mit einem Jagdspieße bewaffnet, von der linken Seite.)

Wlasta.
Und nirgends Menschen? – Doch! Hier eine Hütte.
(An die Türe schlagend.)
Ihr drin im Hause! Keine Antwort?
(Nachdem sie die Türe geöffnet.)
Leer!
Und wieder keine Spur und keine Kunde.
(Dobromila tritt im Hintergrunde auf.)

Wlasta. Wer schreitet dort?

Dobromila. Hallo! Libussas Mägde!

W l a s t a. Libussas Mägde hier!
D o b r o m i l a. Bist du's, o Wlasta?
W l a s t a. Ich bin's. Suchst du die Fürstin?
D o b r o m i l a. Wohl, Libussa.
W l a s t a. Und keine Spur?
D o b r o m i l a. Noch keine. Einsam ging sie,
Nach Kräutern suchend für den kranken Vater,
Von Psary aus, dem Schloß, gen Budesch zu,
Und ward nicht mehr gesehn.
W l a s t a. Wie lebt der Fürst?
D o b r o m i l a. Er lebt wie einer, der zu leben aufhört,
Ich fürchte bald, er stirbt.
W l a s t a. Ei, seine Töchter,
Gar hoch erfahren in geheimer Kunst,
Sie hindern wohl sein Ende.
D o b r o m i l a. Ach, die Kunst,
Sie endet auch, oft eh' man noch am Ende.
Komm, laß uns jetzt nach Budesch, und im Gehn
Erheben wir die Stimme Zeichen gebend,
Vielleicht vernimmt's die Fürstin und erscheint.
W l a s t a.
Hier läuft ein Pfad. Du rechts, ich links ins Dickicht
Und ausgeruft: Libussas Mägde, ho!
D o b r o m i l a *(schon außer der Szene).*
Libussa!
(Beide ab.)

Schloß der Schwestern auf Budesch.

Innerer Hof. Links ein Teil der Wohngebäude mit einer Pforte. Der Hintergrund durch eine wallartige Terrasse geschlossen mit einem großen Eingangstor. Oben sitzt Swartka. Links nach vorn Dobra an einem Tische, auf dem ein aufgeschlagenes großes Buch liegt. Ein großer eherner Leuchter mit brennendem Licht steht neben ihr.

D o b r a. Was ist die Zeit?
S w a r t k a. Längst Mitternacht vorüber.
Die Sterne gehen scharenweis zur Ruh

Und ein Gebilde schwindet nach dem andern.
Den Reihen führt der flammende Arktur,
Die Krone sinkt am Himmel und der Adler
Lenkt nach den Bergen seinen müden Flug.
Dobra *(in dem Buche nachsehend).*
O weh, o weh!
Swartka. Was klagst, was jammerst du?
Dobra. Wenn Mars und Jupiter sich so begegnen
Ist das die Stunde, die dem Leben droht.
Weh, Herzog Krokus, wenn du ja noch lebst.
Welch Sternbild glänzt zuhöchst?
Swartka. Ob meiner Scheitel
Spannt seine Flügel aus der helle Schwan,
Ein Erbe recht der Sterne, welche gingen,
Und wie geschlagne Saiten zitternd klingen
Kommt an mein Aug' der Leier Strahl heran.
Dobra. O mög' es gute Vorbedeutung sein
Für meiner Frauen Zukunft. Doch davon
Schweigt dieses Buch.
Swartka. Fuchs, Fisch und Eidechs drängen
Die niedre Form dem edlen Vogel nach,
Die kluge Schlange droht mit fahlem Blinken,
Und auf dem Pfad der königlichen Sterne
Folgt namenloses Volk zu weiter Ferne.
Dobra. Laß nun genug sein, Swartka! Komm herab!
Es wachen Kascha noch und Tetka oben
In ihrer Kammer. Laß zu ihnen uns,
Sie werden ihrer Diener Eifer loben.
Swartka. Ich komme. Harre noch!
(Sie steigt herab.)
(Es wird ans Tor geschlagen.)
Von außen. Macht auf! Macht auf!
Dobra. Wer lärmt?
Von außen. Macht auf um aller Götter willen!
Dobra. Geh Swartka hin und öffne nur das Tor!
Der Lärm tut's an Gewicht dem Anlaß wohl zuvor.
(Durchs geöffnete Tor dringen Domaslav, Biwoy, Lapak herein. Volk hinter ihnen.)
Domaslav. Wo sind die Fürstinnen? bring mich vor sie!
Dobra. Sie wachen noch, doch zeigen sie sich nie.
Lapak. Auch nicht dem Bringer wichtig schwerer Kunde?

Dobra.
Das Wicht'ge wiegt nicht gleich in dein', in ihrem Munde.
Domaslav.
Doch frommt es uns, es frommt dem ganzen Land.
Dobra.
Ob's ihnen selber frommt, blieb dir wohl unbekannt.
Biwoy. So hebt die Stimme, schlaget an die Schilde,
Sie müssen uns vernehmen, sei's mit Zwang.
Dobra. Am Tor der Einsicht tobt und lärmt der Wilde,
Hört er am liebsten doch der eignen Worte Klang.
Lapak. So wisse denn: der Fürst, der uns gebot,
Der Böhmen Herr und deiner Frauen Vater,
Fürst Krokus lebt nicht mehr.
Dobra. Ihr Götter! tot?
Lapak. Des Landes Hort, sein Schirmer und Berater
Starb diese Nacht.
Dobra. So ist sie wahr gewesen
Die Kunde, die mein Aug' in Sternenschrift gelesen?
Fürst Krokus tot!
Biwoy. Du siehst, der Grund genügt,
Daß man den Schlummer stört, in dem ein Weib sich wiegt.
Dobra.
Sie schlummern nicht, doch wenn in Schlaf versenket,
Ihr Träumen acht ich mehr als was ihr andern denket.
Biwoy. Nun wohl, so rüttl' ich selber an der Tür,
Wenn sie zu uns nicht, wohl, komm ich zu ihr.
(Er geht auf die Türe zu. Diese öffnet sich und Tetka und Kascha treten heraus. Erstere eine offene Rolle in der Hand, die zweite das Haupt nachdenklich gesenkt. Alle weichen ehrerbietig zurück.)
Kascha. Ich sage dir: es war um Mitternacht
Da ging er heim und segnete das Leben;
Hätt' ich der Zeichen Widerstreit bedacht,
Vielleicht war's Zeit ihm Fristung noch zu geben.
Tetka. Libussa war bei ihm.
Kascha. Fast glaub ich: Nein.
Ihr Platz ist dunkel in den sonn'gen Kreisen.
Tetka. Wo blieb sie sonst?
Kascha. Bald wird mir's klarer sein.
Die nächste Stunde muß ihr Handeln weisen.
Gab sie ihm jenen Trank, den du wohl kennst,

Gepreßt von Kräutern, die die Wälder bieten,
Vielleicht starb er noch nicht.
Tetka. Daß es nicht möglich ist,
Die Krankheit aufzuhalten, ja den Tod
Durch Vorsatz und Entschluß! Kann einer sterben
Weil er nicht leben will; warum nicht leben
Weil er dem Tod sich weigert? Könnte Schwäche
So viel, und Stärke nichts? Stand ich am Bette
Des Vaters, und erinnerte ihn dran
Wie vielen fromme, daß er länger lebe,
Er sah dem Tod ins Aug' und starb noch nicht.
Kascha. Wie gerne bot sich heilend meine Kunst.
Tetka.
Ich ehre deine Kunst, weil du sie denkest,
Doch hilft sie dem nur der wie du gedacht.
Wenn du den Kranken mit dem Besten tränkest,
Er stirbt, hält er für Gift was du gebracht.
Als Krücke mag es sein daß sie noch leiste
Für schwache Seelen, die am Willen krank,
In Wahrheit hilft doch nur der Geist dem Geiste,
Er ist der Arzt, das Bette und der Trank.
Wenn ich mich über unsern Vater neigte
Und ihm die Sprüche alter Weisheit las,
Der Seinen Not, der Feinde Scheelsucht zeigte,
Er faßte neuen Mut und er genas.
Kascha. Nun aber ist er tot, wir sind verwaist.
Tetka. Bist du verwaist? ich nicht. Ich seh ihn noch,
Nicht wie zuletzt in seiner Schwachheit Banden.
Ehrwürd'ger Greis, war Greis er immer doch,
Mir ist er als ein Jüngling auferstanden.
Lapak *(näher tretend)*.
Erhabne Fürstinnen!
Kascha. Was ist?
Tetka. Was sucht, was wollt ihr?
Domaslav.
Die Nachricht euch zu bringen sind wir da –
Kascha. Wir haben es gewußt, bevor es noch geschah.
Tetka. Als ihr noch hofftet, zagtet, dies und das gemeint,
Da war es uns bekannt, da haben wir's beweint.
Lapak. Wenn nun der Tod den besten Fürsten schlug –
Kascha. Zu gut für euch, für uns nicht gut genug.

Denn sorgt' er nicht um euch, und dacht' er an die Seinen,
Ihr lebtet wüst wie vor, wir brauchten nicht zu weinen.

Tetka.
Weil euer Trutz vergällt ihm jeden Tag,
Gab er dem Kummer sich und welkte hin, erlag.

Domaslav.
Wenn's nun auch so, und wenn die Sorg' um uns
Beschwert sein Leben, gar es ihm geraubt,
Laßt das uns nicht entgelten, hohe Frauen,
Belohnt, mit dem wir nahn, das kindliche Vertrauen,
Vollendet was begann des Vaters hohes Haupt.

Lapak. Die Krone die er trug, dies Land, sein Reich
Verschmäht sie nicht und nehmt, wählt eine unter euch.

Domaslav.
Ihr stammet, wissen wir, von höhern Mächten,
Wir sind ein dunkles Volk, unkundig in den Rechten;
Der Stab, der in Fürst Krokus Händen lag,
Wer, als sein eignes Blut, zu halten ihn vermag?

Alle *(auf die Knie sinkend).*
Nehmt unsre Krone! Wählet! Kascha, du!

Kascha. Unter Sternen schweif ich,
In der Tiefe walt ich;
Was Natur vermag und kann
Ist mir willig untertan.
Das Leblose lebt,
Des Lebend'gen Dasein ist Tod.
Ich mag nicht herrschen über Leichen,
Geht zu andern mit euern Reichen,
Was ist mir gemein mit euch?

Lapak. So nimm denn Tetka du dich unser an!

Tetka. Was sein soll ist nur Eins,
Was sein kann ist ein Vieles,
Ich aber will sein einig und Eins.
Nutzen und Vorteil zählen,
Aus Wahrheit und Lüge wählen,
Recht erdenken das kein Recht,
Dafür sucht einen Sündenknecht.
Mein sonnig Reich strahlt hellres Licht,
Von mir! Ich mag eure Krone nicht!

Lapak. So laßt ihr uns denn hilflos und verwaist!
Wo ist Libussa eure jüngste Schwester?

Tetka. Sie ist nicht heim. Allein, wenn auch zu Hause,
Sie folgt euch nicht.
Domaslav. Laßt uns es doch versuchen.
Tetka. Ich sag euch, sie verweigert's.
Lapak. Gut. Doch hören,
Anhören soll sie uns. Erlaubt zu harren.
Kascha.
Seht ihr so gern noch einmal euch verschmäht,
So wartet bis sie naht. Geht dort hinein!
Ihr aber gebt was sie am meisten lockt,
Gebt ihnen Speis' und Trank, und damit gut.
Domaslav.
Wir nehmen unsern Urlaub, hohe Frauen.
Kascha.
Gehabt euch wohl! Und, wenn nicht eure Fürstin,
Bin ich euch Freundin doch.
(Die Abgeordneten werden durch eine Pforte links abgeführt.)
Nun aber ihr!
Stellt euch ringsum, senkt eure düstern Schleier,
Und feiert still und trauernd das Gedächtnis
Des edlen Manns, der unsern Kreis verließ.
Nacht um uns und Dunkel,
Damit in uns es Licht!
(Alle verhüllen sich, die Szene verwandelt sich.)

Kurze Waldgegend. Es ist noch dunkel.

Primislaus tritt auf, ein weißes Roß am Zügel führend, auf dem Libussa sitzt.

Primislaus.
Hier ist der Ort, den du mir hast bezeichnet.
Der Weg nach Budesch dies, dies die drei Eichen,
Gelöst hab ich mein Wort.
Libussa. Sei drum bedankt.
Primislaus.
Nun soll ich von dir scheiden, dich verlassen,
Dich nie mehr wiedersehn vielleicht?

Libussa. Vielleicht.

Primislaus.
Du bist kein Weib um das man werben könnte?

Libussa. Ich hab es schon verneint.

Primislaus. Träf' ich dich wieder,
Je wieder, glaub, ich würde dich erkennen,
Wär's unter Tausenden. Doch du auch mich?
Im Dunkel fand ich dich, im Dunkel scheid ich.
Gib mir ein Zeichen dran du mich erkennst
Wenn ich dich wiederseh.

Libussa. Es ist nicht nötig.

Primislaus.
Doch wenn rückkehrend ich in meine Hütte
Ein Kleinod fände das dir angehört?

Libussa.
Bring es hierher, ich werde darnach senden
Und lös es gern um Gold und jeden Preis.

Primislaus.
Für mich ist Gold kein Preis. So laß uns scheiden!
Dein Schleier und die schimmernden Gewande,
In denen ich den Fluten dich entriß,
Hier eingebunden trägt's des Pferdes Rücken.
Nur eine Kette noch, es war dein Gürtel,
Der unter meiner Retterhand zerstückt,
Doch füg ich neu die goldnen Hakenglieder,
Neig mir dein Haupt und trag den neuen Schmuck.
(Libussa senkt ihr Haupt, er hängt ihr die Kette um den Hals.)
So zier ich dich du Schöne, Hehre, Hohe;
Für wen? ich weiß nicht; ist's doch nicht für mich.
Und so leb wohl!

Libussa. Auch du!

Primislaus. Nur noch drei Schritte.
Dort teilt, von selber kennbar, sich der Weg
Und leicht gelangst du wieder zu den Deinen,
Wenn du den Waldpfad rechts nur sorglich meidest,
Die du, ein Märchen, kamst, und eine Wahrheit scheidest.
(Das Pferd leitend.)
Vertrau dem Pferd, es trägt dich gut und sicher.
(Beide ab.)

Vorhof auf dem Schloß der Schwestern.

Kascha, Tetka und ihre Jungfrauen in derselben Stellung wie am Schluß der vorletzten Szene.

Kascha. Das Totenopfer ist nach Recht vollbracht,
Nun laßt uns sorgen für die Lebenden.
(Alle erheben sich.)
Libussa ist nicht hier. Auch war sie, scheint es,
Bei unsers Vaters Tode nicht.
Swartka. So ist's.
Kascha *(zu Tetka)*.
Was sagt der Geist in dir?
Tetka. Er schweigt. Nur dunkel
Ertönt es wie von Not und Fährlichkeit.
Kascha *(die starr auf den Boden gesehen hat)*.
Sie ist in jener Lagen einer, spricht's mir,
Aus denen Glück und Unglück gleich entsteht,
Am Scheideweg von Seligkeit und Jammer.
Horch! Spricht ein Mann?
Tetka. Wo?
Kascha. Nein, Libussa spricht.
Allein sie ist begleitet.
Tetka. Wie auch immer!
Sie sei gefunden und ihr Heil bewahrt.
Die Diener sendet aus, die Männer alle
Mit Leuchten, Fackeln in den dunkeln Wald.
Ihr andern aber steigt dort auf die Zinnen!
Die Opferpauke tön', ein fernes Zeichen,
Dem Ohr der Irrenden bekannter Schall.
Und alle ruft: Libussa. Auf!
Die Mädchen *(zum Teile den Wall hinaneilend)*.
Libussa!
(Der Ton eines fernen Horns wird gehört. Alle stehen unbeweglich.)
Dobra. Das sind sie; ja, Libussens Mägde. Wlasta
Und Dobromila auf der Herrin Spur.
Tetka *(heftig)*. Libussa, hier!
(Der Ton des Horns etwas näher.)
Sie ist's. Tut auf die Pforten
Und eilt entgegen ihr mit Licht und Beistand.

(Man öffnet. Einige gehen hinaus, andere bleiben in der Brüstung des Tors stehen, darunter Swartka.)

S w a r t k a.
Sie kommt, und hoch zu Roß. Und Wlasta, Dobromila
Begleiten sie und blasen in ihr Horn.

(Libussa wird in der Torbrüstung sichtbar. Sie hat einen weißen Mantel übergeworfen und ein Federbarett auf dem Kopfe. Wlasta und Dobromila gewaffnet hinter ihr.)

L i b u s s a.
Führt nur das Pferd zurück zu den drei Eichen,
Und trefft ihr einen Mann, stellt's ihm zurück,
Denn es ist sein. Und nimmt er Lohn, so gebt.
(Eine Jungfrau geht.)
Wart ihr besorgt?

T e t k a. Wie sehr!

K a s c h a. Ich nicht, ich wußte
Du kamst.

L i b u s s a. Doch lag einmal die Sorge nah.
Im Wald verirrt, nicht Wegesspur, noch Führer,
Ein Gießbach wollte sich das Ansehn geben
Als sei er fürchterlich. Da kam mir Hilfe.
(Vor Tetka tretend und ihr ins Auge blickend.)
Doch unser Vater, gelt!

T e t k a. Ja wohl.

L i b u s s a *(an ihrem Halse).* O meine Schwester!
Und ich war fern!

T e t k a. Wie kam's?

L i b u s s a *(sich aufrichtend).* In all der Zeit
Als ich an seinem Bette saß und wachte,
Da schwebte vor den Augen des Gemüts,
Hatt' ich's gehört nun, oder wußt' ich's sonst,
Das Bild mir einer Blume, weiß und klein,
Mit siebenspalt'gem Kelch und schmalen Blättern;
Die gib dem Vater, sprach's, und er genest.
In feuchten Gründen, schien es, wachse sie,
Das Tal von Budesch mußt' ich immer denken.
Da nahm ich Korb und Griffel und ging hin.
Ich suchte und er starb. Solang ich lebe
Will büßen ich die unfreiwill'ge Schuld,
Und dies mein Aug', es sei vom heut'gen Tag
Geweiht den Tränen um den Edlen, Guten.

T e t k a *(sie umarmend).*
Ja wohl Libussa, Trauer sei und Klage
Geschäft uns und Erholung allen Drei'n.
K a s c h a. Sag Zwei'n.
L i b u s s a *(gereizt).* Warum? Wen schließest du nur aus?
K a s c h a.
Die, welcher obliegt mehr als ihn beklagen:
Zu folgen ihm in seiner harten Pflicht.
Des Czechenvolkes Erste sind im Schloß;
Sie fordern von Fürst Krokus Töchtern eine
Als Herzogin für das verwaiste Land.
L i b u s s a. Nehmt ihr's, ich nicht!
K a s c h a. So sprachen wir schon beide.
Doch sähe gern der Vater unvollendet
Was er für dieses dunkle Volk getan?
Und heißt es sein Gedächtnis hoch nicht ehren,
Fortsetzen, wenn auch schwach, was er begann?
L i b u s s a. Doch welche nimmt's?
K a s c h a. Laßt denn das Los entscheiden.
L i b u s s a. Wie nur?
K a s c h a. So hört was ich mir ausgedacht.
Uns jeder gab der Vater, der nun tot,
Am Jahrestag von unsrer Mutter Scheiden
Ein kostbar Kleinod mit der Eltern Bild
In halberhobner Arbeit dargestellt,
Als Gürtel eingefaßt in goldne Spangen.
Und da die Zierde gleich, so sagt der Name
Der Eignerin mit Sorgfalt eingeprägt:
Libussens bin ich, Tetkas oder Kaschas.
Die Gürtel nun, des Vaters letzte Gabe
Und geistiges Vermächtnis noch dazu –
Sprach er doch ja: so oft ihr sie vereint,
Will ich im Geist bei euch sein und mit Rat –
Laßt legen uns in diese Opferschale.
Tetka, die Ernste, trete dann hinzu
Und deren Namen, blind sie greifend, faßt,
Die ist befreit, und also auch die Zweite.
Der Dritten Gürtel wird zum Diadem
Sie folgt, ob ungern, in die Fürstenwohnung.
Seid ihr's zufrieden?

Libussa *(Barett und Mantel abgebend und in Bauerntracht dastehend).* Wohl.

Tetka. Libussa, du?
Wie sonderbar gekleidet.

Libussa *(sich betrachtend).* Sonderbar?
Vergaß ich's doch beinah! Je, gute Tetka,
Der Zufall kommt und meldet sich nicht an,
Auftauchend ist er da; und wohl uns, wenn beim Scheiden
Er äußerlich verändert nur uns läßt.
Das Kleid ist warm, und also lieb ich es.

Tetka. Doch wir –?

Libussa *(das Geschmeide vom Halse nehmend).*
Hier ist mein Gürtel.

Tetka *(ihren Gürtel ablösend).* Hier der meine.

Kascha *(Libussens Geschmeide nehmend).*
Am Hals?

Libussa. Und doch er selbst, wie ich dieselbe.

Kascha. Das ist dein Gürtel nicht.

Libussa. Wie wäre das?

Kascha. Die Ketten wohl; allein der Mutter Bildnis,
Das Mittelkleinod fehlt mit deinem Namen,
O Unbesonnene!

Libussa. Was schmähst du mich?

(Die abgesendeten Jungfrauen kommen zurück.)

Dobromila. Wir waren, hohe Frau, bei den drei Eichen,
Wie du befahlst, und suchten jenen Mann.
Doch kam er nicht und war nicht aufzufinden.

Libussa. Nun, es ist gut.
(Vor sich hin.) Das hat mir *der* getan!

(Die Jungfrauen ziehen sich zurück.)

Kascha. Die Nacht im Wald, in Bauerntracht gehüllt,
Verloren deines Vaters Angedenken.

Libussa. Mein Vater lebt, ein Lebender, in mir,
So lang ich atme lebt auch sein Gedächtnis.

Kascha. Die Liebe knüpft sich gern an feste Zeichen,
Der Leichtsinn liebt was schwankend so wie er.

Libussa. Mit *einem* Wort löst' ich die Rätsel leicht,
Doch würdet ihr's entstellen und verkehren.
Drum halt nur was du weißt, mein sichres Herz!

Kascha *(Libussas Geschmeide hinwerfend).*
Der Kreis getrennt. Du kannst mit uns nicht losen.

L i b u s s a *(auf deren Wink eine Jungfrau das Geschmeide aufhebt).* Nicht losen? Und wer weiß, ob ich's auch will?
Ein Schritt aus dem Gewohnten, merk ich wohl,
Er zieht unhaltsam hin auf neue Bahnen,
Nur vorwärts führt das Leben, rückwärts nie.
Ich soll nicht losen? Und ich will es nicht.
Wo sind die Männer aus der Czechen Rat?
Den Vater will ich ehren durch die Tat,
Mögt ihr das Los mit dumpfen Brüten fragen:
Ich will sein Amt und seine Krone tragen.

T e t k a. Libussa, oh!

K a s c h a. Hör erst auf mich, Libussa!
Wenn ich gekränkt dich mit zu raschem Wort –

L i b u s s a. Du kränktest mich nicht mehr, ich seh's, als dich.
Doch was ich sprach, es bleibt. Mein Wort ein Fels.
Und mag ich's nur gestehn! Denk ich von heut
Mich wieder hier in eurer stillen Wohnung
Beschäftigt mit – weiß ich doch kaum womit –
Mit Mitteln zu den Mitteln eines Zwecks,
Mit Mond und Sternen, Kräutern, Lettern, Zahlen,
Dünkt's allermeist einförmig mir und kahl.
Dies Kleid es reibt die Haut mit dichtern Fäden
Und weckt die Wärme bis zur tiefsten Brust
Mit Menschen Mensch sein dünkt von heut mir Lust,
Des Mitgefühles Pulse fühl ich schlagen,
Drum will ich dieser Menschen Krone tragen.

Heraus Wladiken! Czechenvolk heraus!

D i e J u n g f r a u e n *(rufen).*
Libussa Herzogin! Der Böhmen Fürstin!

(Domaslav, Biwoy, Lapak und die übrigen Abgeordneten aus der Pforte links.)

D o m a s l a v. Täuscht unser Ohr und hörten wir genau?
Erkürt der Böhmen Fürstin, unsre Frau?
Und welche will –?

L i b u s s a. Hier ist von Wollen nicht,
Von Müssen ist die Rede und von Pflicht.
Und da nun *eine* muß aus unsrer Zahl,
So will ich und begebe mich der Wahl.

L a p a k. Libussa, du?

L i b u s s a. Die Jüngste aus dem Kreise

Und minder gut vielleicht als sie und minder weise,
Auf ihnen würde Hohes gut beruhn;
Doch handelt sich's um irdisch niedres Tun,
Wo zu viel Einsicht schädlich dem Vollbringen,
Fernsichtigkeit geht fehl in nahen Dingen.
Wenn nun des Vaters Geist auf mir beruht,
So fügt sich's wie es kann und, hoff ich, gut.
Seid ihr's zufrieden?

Die Abgeordneten *(kniend).*
Hoch Libussa, hoch!
Der Böhmen Herzogin, der Czechen Fürstin!

Libussa.
Steht auf! sind's *diese* nicht und dieser Ort
Was euch zu Boden zieht. Doch hört mein Wort.
Es hielt euch fest des Vaters strenge Rechte
Und beugt' euch in heilsam weises Joch.
Ich bin ein Weib und, ob ich es vermöchte,
So widert mir die starre Härte doch.
Wollt ihr nun mein als einer Frau gedenken,
Lenksam dem Zaum, so daß kein Stachel not,
Will freudig ich die Ruhmesbahn euch lenken,
Ein überhörtes wär' mein letzt' Gebot.
So wie ich ungern nun von hinnen scheide,
Lenkt' ich zurück dann meinen müden Lauf
Und träte bittend zwischen diese beide;
Ihr nähmet, Schwestern, mich doch wieder auf?

Kascha. Wenn du's noch kannst, von Irdischem umnachtet.

Tetka. Wer handelt geht oft fehl.

Libussa. Auch wer betrachtet!

Domaslav.
Nicht fruchtlos sollst du, zweimal nicht uns mahnen,
Nimm unsern Schwur darauf und unsrer Untertanen.

Libussa. Dies letzte Wort, es sei von euch verbannt,
In Zukunft herrscht nur *eines* hier im Land:
Das kindliche Vertraun. Und nennt ihr's Macht,
Nennt ihr ein Opfer das sich selbst gebracht,
Die Willkür, die sich allzu frei geschienen
Und, eigner Herrschaft bang, beschloß zu dienen.
Wollt ihr als Brüder leben, eines Sinns,
So nennt mich eure Fürstin und ich bin's;
Doch sollt' ich zwein ein zweifach Recht erdenken,

Wollt' eher ich an euch euch selbst als Sklaven schenken.
Seid ihr's zufrieden so?

Alle. Wir wollen!

Libussa. Nun so kommt.
Allein vergäßt ihr was uns allen frommt,
(auf ihre Schwestern zeigend)
Da diese hier den Rücktritt mir versagen,
So ging' ich hin es meinem Vater klagen.

Lebt, Schwestern, wohl! Auf Wiedersehn, und bald!
Ihr andern folgt und jubelt durch den Wald.
Ihr Mädchen mir voraus, und stoßt ins Horn,
Bis jetzt mir nächst, steht billig ihr nun vorn.
Und so, gehobnen Haupts, mit furchtlos offnen Blicken,
Entgegen kühn den kommenden Geschicken.

Die Männer. Libussa hoch! der Böhmen Herzogin!
(Man hat Libussa wieder den Mantel und das Federbarett gegeben; sie geht, die Mädchen vor ihr her, die Männer schließen. Alle mit Fackeln und Jubel durch das mittlere Tor ab.)

Kascha. Hast du gehört?

Tetka. Ja wohl.

Kascha. Nun?

Tetka. Ich bedaure sie,
Sie wird's bereun, und früher als sie denkt.

Kascha.
Die Roheit kann des Höhern nicht entbehren,
Doch hat sie's angefaßt, will sie's in sich verkehren,
Wer nicht wie Menschen sein will, schwach und klein,
Der halte sich von Menschennähe rein.
Komm mit!

Tetka. Wohin?

Kascha. An unser täglich Werk.
Ihr aber reinigt mir so Hof als Hallen,
Was hier geschehn, es sei in Traum zerfallen.
(Die Schwestern mit Begleitung ab.)

Dobra. Nun wir denn auch ans Werk und gib mir Kunde
Ob gutes Zeichen eintritt diese Stunde.
Welch Sternbild herrscht?

Swartka *(auf der Höhe der Mauer).*
Die Jungfrau blinkt, doch nein,

Ich irrte mich, es ist des Löwen Macht,
Der auf sein Böhmen schaut.

Dobra *(gen Himmel blickend).*
Hältst du auch sichre Wacht?

Swartka *(mit halbem Leibe über die Brustwehr gelehnt und laut ausrufend).*
Der Osten graut, dem Tage weicht die Nacht!

ZWEITER AUFZUG

Ebene an den Ufern der Moldau. Rechts ein Teil von Libussas Wohnung. Auf derselben Seite nach vorn ein kleines Gebüsch, vor dem ein Weib mit einem etwa vierjährigen Kinde sitzt. Links gegenüber ein Tisch mit plaudernden und zechenden Gesellen. Zwei darunter spielen eine Art rohes Brettspiel. Im Hintergrunde wird zu einer Zither getanzt.

Das Weib *(ihren Knaben emporhebend).*
Nun, Tomyn, spring!

Einer der Spielenden.
Ei ja, der schwarze Stein,
Er stand erst hier.

Zweiter. Dir fällt wohl gar noch ein,
Daß ich betrüg im Spiel?

Erster. Wer denkt an das?
Sei mir nicht bös und zieh!
(Sie spielen weiter.)

Ein Alter. Ja, laßt euch sagen:
Fürst Krokus war ein Held in seinen Tagen.
Der schlug, wenn's etwa galt, auch einmal los
Und ließ den Mann am Herde nicht vertöffeln,
Da saßen wir die Hände nicht im Schoß
Und suppten Frieden aus mit breiten Löffeln.

Ein Jüngerer.
Je nun, der Löffel hat noch keinen Mund zerrissen,
Des Krieges Messer schneid't mitunter harte Bissen.
Der Großen breiter Schlund mag derlei noch vertragen,

Den Kleinen stumpft die Zähn' er und verdirbt den Magen.
Ich lobe mir den Frieden.

Alter. Je, was denkst du?
Versteh mich recht.
(Den Becher hebend.) Libussa hoch!

Alle am Tische *(ebenso)*: Libussa!

(Ein Gewaffneter und Wlasta mit Brustharnisch und Helm an seiner Seite haben, wie beaufsichtigend, die Menge durchschritten.)

Gewaffneter *(zum Tische tretend)*.
Ist's hier so laut?

Alter. Wir sprachen von Libussen,
Und wenn auch laut, wer spricht da laut genug?

Wlasta.
Doch horcht! Der Arbeit Ablösstunde schlug.

(Man hört Gesang von Männerstimmen. Mehrere Feldarbeiter kommen, sich paarweise umschlingend, die Jacken über die Schultern gehängt. Sie singen:)

Ruh' nach der Arbeit
Wird wohler tun,
Denn wer nicht müde
Kann auch nicht ruhn.

Einer von denen am Tische.
Willkommen! Schon zurück?

Einer der Gekommenen.
Was denkst du, Lieber?
Der Teil des Tags, der uns traf, ist vorüber,
Nun kommt's an euch.

Der erste *(aufstehend)*.
Wir sind auch schon bereit.
Zur Arbeit, ho!
(Mehrere am Tische stehen auf und nehmen die abgelegten Jacken auf.)
Kamt ihr im Pflügen weit?

Der andere.
Zum Rain.

Der erste.
Macht's heiß,

Der andere. Je nu, es sengt die Matten
(Den Schweiß mit dem Ärmel von der Stirne wischend.)
Doch der die Sonne gibt, der gibt zuletzt auch Schatten.

Der erste.
Macht's euch bequem.
(Zu den andern vom Tische Aufgestandenen.)
Ihr kommt!
Einer von ihnen *(zum Schenken).*
Noch einen Trunk!
Schenke. Was meinst du auch? Ich denk du hast genung,
Sonst gibt es eitel Zank, wie jüngst beim Frühlingsfeste.
Die Fürstin liebt das nicht. Halt's wie die andern Gäste!
Der vorige.
So wart ich bis zum Quell.
Schenke. Tu das, es kühlt den Brand
Und heiter bleibt der Kopf und rührig Fuß und Hand.
Wlasta *(die gewaffnet ab und zu gegangen ist, ohne Strenge).* Zur Arbeit!
Der letzt Zurückgebliebene.
Wohl! Das ist ja was ich meine.
(Er und die übrigen Aufgestandenen nach der rechten Seite ab. Die neu Gekommenen setzen sich.)
Der erste von ihnen *(zum Alten).*
Wir pflügten heut dein Feld.
Alter. Ging's gut?
Der Pflüger. Ei, gar viel Steine,
Doch hielten wir darum nur doppelt fest.
Alter. Habt Dank!
Erster Spieler *(einen Zug machend).*
Verloren!
Zweiter *(nachdem er das Spiel übersehen, dem andern Geld hinschiebend).* Nun, hier ist der Rest.
Erster.
Du hörst wohl gar schon auf?
Zweiter *(auf eine Figur des Brettspieles zeigend).*
Fraß alles doch der Reiter.
Erster *(einen Teil des Geldes zurückschiebend).*
Nimm von dem meinen da und spielen wir nur weiter.
Wlasta *(hinzutretend).*
Spielt ihr um Geld?
Erster Spieler. Es gilt kein großes Glück,
Wir zahlen nur zum Scherz und geben's dann zurück.
Wlasta.
Ihr tut ganz recht, wollt ihr die Fürstin euch gewogen.

Reflektionismus führt zur Unmündigkeit,
Persönlichkeitsverlust durch die Bindung
an das Gesetz (Wlasta-gewaffnet)

Erster Spieler.
Wer will das nicht?
(Noch eine Handvoll Geld dem andern hinlegend.)
Da nimm! und ausgezogen!
(Sie spielen weiter.)

Das Weib im Vorgrunde *(das sich unterdessen mit dem Kinde beschäftigt hat, zu demselben).*
Wenn nun die Fürstin kommt, küß ihr den Saum.
(Von den Tanzenden im Hintergrunde löst sich ein Paar los, das jetzt, gegen die Mitte zu, hervor tanzt.)

Einer der Sitzenden.
Seht wie der Janek springt, der nimmt sich Raum
Tanzt er mit Ilsen doch.
(Mehrere stehen auf, dem Tanze zuzusehen.)

Ein Alter *(von der linken Seite kommend).*
Laßt ab, ihr beiden!
Wie oft ward's euch gesagt: ich will's nicht leiden.

Einer der Zusehenden.
Ei, Alter, trenn es nicht das hübsche Paar!

Der Alte.
Zuletzt nennt ihr noch Weib und Mann sie gar.

Der vorige.
Warum auch nicht?

Der Alte. Warum? Ich will's euch sagen:
Mein Mädel da ist reich und er hat kaum zu nagen.

Der vorige.
So lebt ihr Alten stets denn in vergangner Zeit?
Was gestern fest und wahr ist's darum nicht auch heut.
Der Reichtum letzter Zeit kam etwas stark zu Falle,
Sonst hatten die und der, nun aber haben alle.
Was kaufst du um dein Geld da wo nichts käuflich ist,
Das Land ein breiter Tisch, an dem, wer hungert, ißt.
Deshalb des Burschen Not, der Tochter dich erbarme,
Er hat was ewig reich: ein Herz und rüst'ge Arme.

Das Mädchen.
Mein Vater!

Der Alte *(zum Gehen gewendet).*
Ei, ja doch!

Der vorher gesprochen.
Geht, folgt ihm auf dem Fuß!
Zuletzt sagt er doch ja, und wär's aus Überdruß.

(Musik von der linken Seite.)

Schon wieder Sang und Klang? Das hat nicht Langeweile!

Weiber und Kinder *(hüpfend und in die Hände schlagend).*

Ei schön! Die Knappenschaft des Bergwerks aus der Eule!

(Bergknappen mit Musik von der linken Seite. In der Mitte auf den Schultern von vier Männern eine Tragbahre mit glänzenden Stufen, Erzstücken und Gefäßen voll edlen Metallen. – Die Anwesenden drängen sich betrachtend und bewundernd nach dem Hintergrunde. – Lapak von der linken Seite kommend und Domaslav mit Biwoy rechts auftretend, begegnen sich.)

Lapak. Seid mir gegrüßt!

Domaslav. Und du!

Lapak *(auf das Volk weisend).* Das freut sich.

Domaslav. In der Tat.

Lapak.
Man ist recht glücklich hier.

Domaslav. Und jedermann ist satt.

Lapak.
So Herr als Knecht.

Domaslav. Der Knecht nun wohl am meisten.

Lapak. Das möcht' ich mir zu sagen nicht erdreisten.
Wir sind doch Herrn.

Domaslav. Und satt so gut als *die.*
(Auf die Menge weisend.)
Zwar satt sein ist nicht viel.

Lapak. Zu viel macht doch nur Müh.
Libussa –

Domaslav.
Ah, sie ist der Frauen Zierde!

Lapak. Gerecht.

Domaslav. Und weise.

Lapak. Mild.

Domaslav. Und doch voll Würde.
Nur –

Lapak.
Meinst du?

Domaslav. Ich? – Sie ist wie du gesagt.

Lapak. Und wer im ganzen Land zu widersprechen wagt?
Zwar wenn –

Domaslav. Erkläre dich!
Lapak. Was ist da zu erklären?
Das Land ist segensvoll, und mög' es ewig währen!
Domaslav.
Die Dauer freilich –
Lapak. Wohl. Das Schöne währt nur kurz.
Und wer die Höhe wählt –
Domaslav. Der wagt zugleich den Sturz.
Lapak. Die Dauer, ja; und, wag ich's anzudeuten –?
Siehst du dort Wlasta durch die Männer schreiten?
Da Tadeln nun ein Menschenfehler doch –
Die Weiber, dächt' ich, stellt sie allzuhoch.
Zwar wird sie wissen wohl –
Domaslav. In ihrer Weisheit Fülle –
Lapak.
Warum sie also tut.
Domaslav. Gewiß! Und dann – Doch stille!
Lapak.
Was ist?
Domaslav.
Mir schien als käme wer. – Dann noch zumeist,
Die Niedern find ich werden allzudreist.
Lapak.
Man sieht die Achtung doch nicht gerne sich versagen.
Domaslav.
Und braucht man nun sein Recht –
Lapak. So eilt das gleich zu klagen.
Domaslav.
Ja dies, und daß die Weiber sie so hoch gestellt,
Sonst ist ihr Reich –
Beide. Das beste in der Welt.
Domaslav.
Und, Biwoy, du schweigst still?
Biwoy. Was bleibt mir über?
Hör ich die Klugen sprechen als im Fieber.
Verkehrt ist all dies Wesen, eitler Tand,
Und los aus seinen Fugen unser Land.
Weiber führen Waffen und raten und richten,
Der Bauer ein Herr, der Herr mitnichten.
Und all dies Tändeln mit sanft und mild
Gibt höchstens 'ne Sangweis', ein feines Bild;

Doch wie's entstand unter *einer* Stirn,
Hat's nirgends Raum als im Menschenhirn.
Und fiel' ein Feind in unsre Gauen,
Wir würden des allen die Früchte schauen.

Lapak. Wie kurz und rasch.

Domaslav. Fürwahr, er übertreibt.
Zwar etwas ist daran –

Lapak. Das etwa übrigbleibt.

Domaslav.
Daß ich's denn grad heraus nach meiner Einsicht deute,
Dem Ganzen fehlt ein Mann, ein Mann an ihrer Seite.

Lapak. Vielleicht. Zu all den Gaben, die der Fürstin Zier,
Ein ruhig sichres Aug' –

Domaslav. Gleich, weiser Lapak, dir.

Lapak. Weis' ist Libussa selbst. Sag: Domaslav der reiche.

Domaslav.
Der reiche Domaslav? Sind wir nicht längst denn gleiche?
Der starke Biwoy wär' dem Land ein starker Schild.

Biwoy.
Mag sein. Doch frägt darnach das zarte Frauenbild?

Domaslav.
Wozu noch mehr? Laßt uns zum Werk vereinen!
Wir werben ohne Neid. Sie wähle von uns einen.
Und wer das Los erhält, gedenke dankbarlich
Des Brüderpaars, und stell' als Nächste sie nach sich.

Lapak.
Wenn nur –

Wlasta *(rufend)*.
Die Fürstin naht.
(Der Tanz hört auf.)
Laßt euch nicht stören!
Sie wird in eurer Lust den schönsten Willkomm hören.

(Libussa kommt von der rechten Seite von mehreren begleitet. Sie bleibt betrachtend stehen. Die Tanzenden machen noch einige Schritte, dann hören sie zugleich mit der Musik auf, wobei einige Weiber Blumensträuße zu Libussens Füßen legen.)

Libussa. Habt Dank ihr Leute! Für die Blumen auch,
Mich freut es wenn ihr sie, die Frommen, liebt,
Und ihnen gleich auch bleibt an stillem Blühn.
Was euch die Gärtnerin mit nächster Sorge,

Verteilend hilfreich Naß und Wärm' und Schatten,
Kann nützlich sein, das ist euch ja gewiß.
Die Freude, hoff ich, stört nicht das Geschäft?
W l a s t a. Die Pflüger, kaum gewechselt, sind im Feld.
L i b u s s a.
Mir schmerzt die Stirn; das zielt auf feuchte Zeit.
Sie sollen eilen, daß sie heut vollenden.
Doch wird der Sommer heiß. Das Jahr ist gut.
Wer sind die Leute dort?
W l a s t a. Die Knappenschaft
Des Bergwerks aus der Eule. Reiche Beute
Dir bietend sind sie da. Willst du sie sprechen?
L i b u s s a.
Nicht jetzt. Mich ekelt an der anspruchsvolle Tand.
(Einen der Blumensträuße in der Hand haltend.)
Die Butterblumen hier sind helles Gold
Und reines Silber nickt in diesen Glöckchen.
Hat jemand Lust an ihrem toten Hort
Zu Schmuck und zu Gerät, sei's ihm gegönnt.

Ah, Brom! Wie lebst du und wie lebt dein Weib?
Seid ihr versöhnt und streitet ihr nicht mehr?
Demnächst komm ich zu dir mich des zu überzeugen.
Nicht immer von Gehorsam sprich zu ihr,
Sie wird dir um so williger gehorchen.
Das heißt: wenn du im Recht; denn hast du unrecht,
So seh ich nicht warum sie weichen sollte.
Ich blicke rings um mich und finde nirgends
Den Stempel der Mißbill'gung, den Natur
Der offnen Stirn des Weibes aufgedrückt.
Sieh, deine Fürstin ist ein Weib, und braucht sie Rat,
Geht sie zu ihren Schwestern, und hier Wlasta,
Sie wacht in Waffen und gebeut statt mir.
Fühlt sich dein Knecht als Mensch dem Herren ähnlich,
Warum soll sich dein Weib denn minder fühlen?
Kein Sklave sei im Haus und keine Sklavin:
Am wenigsten die Mutter deines Sohns.

(Zu dem Weibe mit dem Kinde.)
Ah, Gute! und dein Kind! Ist's nun gesund?
Und machten jene Kräuter es genesen?

Doch eine Narbe noch, hier nächst der Stirn!
Nimm Pfeilwurz, wie es auf den Wiesen wächst
Und drück ihms an die Stirne wiederholt
Und sag dazu: in Gottesnamen. – Gut!

Auch gibt's hier eine Hochzeit sagt man mir.
(Das Tänzerpaar von vorher und der Vater treten näher.)
Ei, alter Risbak, fühlst du dich erweicht
Und nennst sie Mann und Weib das hübsche Paar?
Du tust sehr wohl, sie sind einander wert.
Denn was du immer sprachst von arm und reich
Da ist nicht Sinn dabei. Wohl denn, Glück auf!
Kehrt nur zu Spiel und Tanz, und froh zur Arbeit.
(Das Volk zieht sich zurück. Sie kommt gegen den Vorgrund.)
Sieh da ihr Herrn, so vornehm abgesondert?
Wie unzufrieden oder doch erstaunt?

Domaslav.
Vielleicht erstaunt; daß du, den Göttern ähnlich,
Die Gaben spendest, die du selbst nicht teilst.

Libussa. Leih deinen scharfen Sinn mir weiser Lapak,
Daß ich verstehe was dort jener meint.

Domaslav. So stiftest du nicht Ehen, hohe Fürstin,
Und bist der Ehe doch, der Liebe feind.

Libussa. Du hältst mich wohl für rasend, guter Mann?
Wie sollt' ich hassen was so menschlich ist?
Allein zu Lieb' und Ehe braucht es zwei;
Und, sag ich's nur, mein Vater, euer Fürst,
War mir des Mannes ein so würdig Bild,
Daß ich vergebens seinesgleichen suche.
(Sich von ihnen entfernend.)
Zwar einmal schien's, doch es verschwand auch schnell.

Lapak. Du willst Geprüfte, doch du willst nicht prüfen.

Libussa *(vor sich hin)*.
Stellt er sich denn der Prüfung? wollt' ich auch.

Domaslav.
Was man entfernt wünscht, hüllt man gern in Dunkel.

Libussa. Nun weiser Lapak denn und starker Biwoy
Und mächt'ger Domaslav, die ihr euch teilt
In das was ich im Mann vereint mir denke,
Hört denn ein Rätsel, und als halbe Lösung

Füg ich ein Zeichen bei nach Seherart.
War doch die Kette stets der Ehe Bild.
(Sie nimmt ihren Halsschmuck und legt ihn auf ein Kissen, das ein Page hält.)
Wer mir die Kette teilt,
Allein sie teilt mit keinem dieser Erde,
Vielmehr sie teilt, auf daß sie ganz erst werde;
Hinzufügt was, indem man es verlor,
Das Kleinod teurer machte denn zuvor:
Er mag sich stellen zu Libussas Wahl,
Vielleicht wird er, doch nie ein andrer ihr Gemahl.

Domaslav.
Wer mir die Kette teilt.

Biwoy. Und wieder doch nicht teilt.

Domaslav. Hinzufügt was –

Libussa. Müht euch nicht ab!
Der weise Lapak, sah ich, schrieb sich's auf.
Verbirg es nicht und teil es diesen mit,
Er soll für alle. Nun mit Gott! ihr Herrn.
Sucht auf die Lösung; aber hört zugleich:
Bis ihr's gefunden meidet meine Nähe. –
Libussa ist kein Ziel, das gar so nah.
(Zum Pagen.)
Geh nur voran! Ihr folgt! Glück auf den Weg!

Biwoy *(im Abgehen leise)*.
Sie narrt uns, sagt' ich euch.

Lapak *(ebenso)*. Wart ab das Ende.
(Die drei samt dem Pagen ab nach der linken Seite.)

Libussa. Wer einsam wirkt spricht in ein leeres All,
Was Antwort schien ist eigner Widerhall.

Ha Wlasta komm! Ist irgendein Geschäft,
Ein Mühen, eine Sorge, eine Qual,
Daß ich bevölkre meines Innern Wüste?
(Die im Hintergrunde Stehenden drängen sich nach der linken Seite.)
Was dort?

Wlasta. Zwei Männer streiten wie du siehst.
Sie fassen sich am Bart.

Libussa *(in die Szene blickend)*.
Schlägst du den Bruder?

Gebt mir ein Schwert, er soll des Todes sterben!
Und doch, schelt ich den Zorn und fühl ihn selbst?
Trennt sie!
(Einige gehen nach der linken Seite.)
Und ist das Tier erst Mensch geworden,
Bringt sie, auf daß ich schlichte ihren Streit.
Ei Streit und Streit!
(Die Hand auf die Brust gelegt.)
Ist's hier denn etwa Friede?
(Ab nach der rechten Seite. Die übrigen zerstreuen sich.)

VERWANDLUNG

Kurze Gegend mit Felsen und Bäumen.

Die drei Wladiken kommen, vor ihnen der Knabe mit dem Kissen.

Domaslav. Setz nur das Kissen ab, dort leg es hin,
Indes wir uns beraten was zu tun.
(Der Knabe setzt das Kissen auf ein niedres Felsstück links im Vorgrunde und geht. – Domaslav dem Knaben nachblickend.)
Mir dünkt ich sehe Spott in seinen Augen.
Biwoy *(der sich rechts im Vorgrunde zur Erde niedergeworfen hat, mit seinem Schwerte spielend).*
Hat er nicht recht und sind wir nicht genarrt?
Lapak *(im Hintergrunde, die Hände auf dem Rücken, auf und ab gehend).*
Das frägt sich noch!
Biwoy. Ei ja, dann klügle du!
Domaslav *(der links im Vorgrunde auf das Felsenstück gestützt, unverwandt die Kette betrachtet).*
Wer mir die Kette teilt –
Biwoy. Allein – Wie heißt's?
Lapak *(unwillig hervorsprechend).*
Allein sie teilt mit keinem dieser Erde.
(Er geht wieder auf und nieder.)
Biwoy. Sie teilt, allein mit niemand. Guter Schwank!
(Aufstehend.)

Ich hab es satt. Ich sag euch, es ist Unsinn.
Der Widerspruch, ja die Unmöglichkeit
Geknüpft in Reimwerk um uns zu verspotten,
Und uns zu bannen fern von ihrem Hof,
Weil sie uns scheut und unsre Nähe fürchtet.
Wenn nicht der Sinn von Rätsel und von Kette
In jener Knechtschaft liegt, die uns ihr Vater
Vor Jahren auferlegt, und die sein Sprößling
Mit zarten Händen gern verdoppeln möchte.

Drum ist mein Rat: Geh' jeder auf sein Schloß;
Du Lapak, du bist weise, Domaslav
Bist reich, hast Diener, Schreiber, die dir helfen
Um auszuklügeln was vielleicht der Sinn.
Ich bin ein Mann des Schwerts. Gebt mir das Kleinod,
Ich will es hüten, daß, gelingt die Lösung,
Nicht *einer* ernte wo gesät für drei,
Und sich allein das Ziel der Werbung eigne.

Domaslav.
Das darf nicht sein!

Biwoy *(die Hand am Schwert).*
Es darf nicht?

Lapak. Nein und nein!

Biwoy. So laßt das Los denn zwischen uns entscheiden.
Wir werden doch nicht wie die Blinden wandeln
Uns wechselseits umklammernd mit den Händen?
Geführt von jenem Gold als unserm Auge
Und jenem Knaben – Ruft den Knaben her!
Er soll entscheiden, werfen uns das Los.

Domaslav. Damit er rückgekehrt, am Hof Libussas
Uns ihren Weibern schildre zum Gespött?

Biwoy. Da hast du recht!

Lapak. Dort geht ein Wandersmann,
Des Weges scheint's hierher. Er kennt uns nicht;
Sei unser Los sein unbestochnes Wort.
(Da Biwoy sich nach der bezeichneten Seite wendet.)
Tritt du nicht vor! Des Menschen Sinn ist rasch,
Zuerst gesehn ist ihm zuerst gekannt.
Er soll uns gleich, mit einem Male schaun.
(Sie ziehen sich zurück.)

(Primislaus tritt im Vorgrunde von der linken Seite auf.)

P r i m i s l a u s. So wie der Wolf rings um die Herde kreist,
Halb Hunger und halb Furcht, schleich ich im stillen
Her um das Haus, das jene Hohe birgt.
Und in der Brust trag ich das reiche Bild,
Das sie mir gab, vielmehr: das ich mir nahm,
So daß, wenn's hier zur linken Seite pocht,
Ich unterscheide kaum, ob es mein Herz,
Ob es ihr Kleinod was so mächtig stürmt;
Und beide drängen hin zu ihrer Herrin.
Doch nah ich ihr, rückstattend meinen Raub,
Lohnt sie mit Gold die Tat, die mich beglückt;
Und bleib ich fern, so deckt ein schnell Vergessen
Was sie kaum weiß mehr und nur hier noch lebt.
Ich sah dort einen Knaben ihres Hauses,
Gekleidet in die Farben seines Diensts,
Vielleicht kann ich ein Wort versteckter Mahnung,
Rückrufender Erinnrung ihm vertraun,
Daß sie gedenkt des Vorfalls jener Nacht.

(Indem er sich nach rückwärts wendet, treten die drei Wladiken vor.)

L a p a k.
Erschrick nicht, fremder Mann!

P r i m i s l a u s. Erschrak ich denn?

D o m a s l a v.
Du kennst nicht uns, wir dich nicht.

P r i m i s l a u s. Also scheint's.

L a p a k. Zum Schiedsmann bist du demnach wie erlesen.

P r i m i s l a u s. Was ist zu scheiden und was ist getrennt?

L a p a k. Etwa die Kette hier.

P r i m i s l a u s *(für sich)*. Libussas Kette.

D o m a s l a v. Sie gab uns eine hohe Frau.

P r i m i s l a u s. Libussa!

L a p a k. So weißt du –?

P r i m i s l a u s. – Nichts, als nur, daß es die ihre.

D o m a s l a v. So sag denn kurz, wie kurz ist unsre Frage:
Wes von uns dreien soll das Kleinod sein?

P r i m i s l a u s.
Ich bin kein Mann des Zufalls und des Glücks,
Zumal wo's Richterspruch gilt und Entscheidung.
Wollt ihr den nähern Sinn mir nicht vertraun,
So bleibt mit Gott, ich ziehe meines Wegs.

Lapak. Soll ich?
Biwoy. Tu's immerhin, der Mann scheint klug,
Vielleicht verhilft er etwa uns zur Lösung.
Domaslav. Nun also denn: Wir drei, die du hier siehst,
Sind mächtige Wladiken dieses Landes,
Als mächtig eben, stark und reich, berufen
Zu werben um der Fürstin hohe Hand.
Als heute nun wir solcher Absicht nahten,
Gab uns die Fürstin dieses Halsgeschmeid
Und sprach dazu – Wie heißt's?
Primislaus. Laßt mich es hören.
Lapak *(lesend).* Wer mir die Kette teilt –
Biwoy. Doch teilt mit keinem.
Es klingt wie Wahnsinn.
Primislaus. Jedes Wort, ich bitte.
Lapak *(lesend).*
Wer mir die Kette teilt,
Allein sie teilt mit keinem dieser Erde –
(Während die Wladiken neben Lapak stehen und in die Schrift blicken, hat Primislaus die Kette ergriffen, die hakenförmigen Glieder getrennt und rasch wieder zusammengefügt. – Lapak fortfahrend.)
Vielmehr sie teilt auf daß sie ganz erst werde;
Domaslav *(lesend).*
Hinzufügt was, indem man es verlor,
Das Kleinod teurer machte denn zuvor –
(Bei diesen Worten fährt Primislaus schnell nach der linken Seite der Brust, wo er das Kleinod verborgen.)
Biwoy *(ebenfalls lesend).*
Er mag sich stellen zu Libussas Wahl;
Vielleicht wird er, doch nie ein andrer ihr Gemahl.
Primislaus.
Ich will zu ihr!
Domaslav. Was ficht Euch an? Ihr geht?
Primislaus.
Das Rätsel ist gelöst.
Lapak. Wie nur?
Primislaus. – Es schien so,
Doch decket neue Nacht das kaum Erhellte.

Sie sprach's zu euch als Werbern ihrer Hand?

Domaslav. So war's.
Primislaus *(von ihnen wegtretend)*.
Und überließ dem Zufall denn
Ob sie des Rätsels Lösung dennoch fänden?
Und der es fand, er war ja ihr Gemahl!

Fahr hin, mein Glück, dein Flug war allzurasch!
Doch blieb ein Stachel, scheint's, in ihrer Brust.
Laß mich's versuchen denn: ich drück ihn fester,
Ob ihn die Zeit vertieft, ob sie ihn heilt.
(Laut.)
Nun denn: ob des das Kleinod oder jenes
Ist nicht die Frage, scheint's, zu dieser Zeit,
Nicht *einen* wollte sie vorerst bezeichnen,
Ihr *alle* sollt zur Werbung euch berecht'gen,
Den *einen* wird bestimmen ihre Wahl
Weshalb, da sie zu „teilen" euch gebot
Und „mitzuteilen" doch so streng verpönte,
Sie in Gesamtbesitz euch wünscht zugleich:
Gemeinsam haben heißt als Freunde teilen
Gebt acht, ob ich die Wahrheit näher treffe.
Fürst Krokus gab der Töchter Dreizahl, jeder,
Der Mutter Bild umringt von edlen Steinen
In Gürtelspangen künstlich eingefügt;
Die Spangen sie sind hier, das Bildnis fehlt.
Wie sie's verlor, die Fürstin, wer kann's wissen?
Doch daß es fehlt, und damals schon gefehlt,
Als jene Fraun um Böhmens Krone losten,
Sagt das Gerücht in jedes Mannes Mund;
Wie auch, daß durch den Abgang jenes Bildes
Bezeichnet ward als Herzogin Libussa,
Und in der Tat „durch das was man verlor,
Das Kleinod reicher wurde als zuvor"
Denn es trug ein der Böhmen Herzogskrone.
Domaslav.
Mir deucht, der Mann hat recht.
Lapak. Mir scheint's nicht minder.
Biwoy.
So hätten wir das Rätsel denn!
Primislaus. Das Wort,
Allein die Sache nicht. Sie will das Bildnis.

„Hinzufügt was, indem man es verlor“
Und wie es weiter heißt. Sie will die Sache.

Biwoy. Allein wie finden wir die Sache nun?

Primislaus.
Ein Mittel wär' vielleicht. Was gebt ihr dem,
Der euch das Bildnis schafft nach dem ihr strebt?

Lapak *(leise zu ihm).*
Ein Kornmaß Silber, bringt er's heimlich mir.

Domaslav *(ebenso).*
Mein Schloß in Kresnagrund, wird's mir zuteil.

Biwoy *(laut).*
Werd' ich der Böhmen Herzog, all mein Eigen.

Primislaus. Das ist versprochen viel, gegeben wenig.
Erkenntlichkeit ist ein gar schwankend Ding.
Wer zielt, drückt das Geschoß an Brust und Wange,
Doch wenn er traf, wirft er's verächtlich hin.
Die Kette hier ist Gold, und Gold genug
Hat Böhmens Fürstin, habt ihr Herren auch;
Mir wär's ein reicher Schatz. Gebt mir die Kette,
So schaff ich euch das Bild.

Lapak. Nicht so, nicht also.

Biwoy. Wir wollen beides, Bild und Kette.

Domaslav. Ja.

Primislaus.
Wer auf den Markt geht, der steckt Geld zu sich.
Für nichts ist nichts. Und somit Gott befohlen!

Domaslav.
So habt Ihr selbst das Bild?
(Leise zu den übrigen.) Wir sind zu drei'n,
Vielleicht daß mit Gewalt –

Primislaus. Wer's nun besitzt!
Der Ort der es verbirgt ist mir bekannt,
Und wer mich schädigt bringt sich um den Schatz.
(Die Hand an ein dolchartiges Messer in seinem Gürtel gelegt.)
Nebstdem daß ich nicht wehrlos, wie ihr seht.

Domaslav. Es sei darum! Doch was soll dir die Kette?

Primislaus. Vielleicht als Zeichen dessen was geschah,
Als Bürgschaft auch vielleicht für euern Dank;
Denn – wiederum vielleicht – geb ich sie später
Für einen Lohn der höher als sie selbst.

Biwoy. Der Handel ist geschlossen. Nun das Bild!

Primislaus *(mit Erwartung erregenden Gebärden gegen die auf dem Kissen liegende Kette gewendet).*
Wohl denn, ihr Herrn, betrachtet mir das Kissen.
Die Klugheit gilt gar oft als Zauberkraft,
Und ist's auch oft. – Ihr seht – O weh, es fiel!
(Während die Augen der Wladiken auf das Kissen gerichtet sind, hat er das Bild aus der Brust gezogen und in die linke Hand genommen. Jetzt stößt er, die Kette mit der rechten Hand fassend, das Kissen von dem Felsstück herab, so daß es nach rückwärts fällt, und gleichzeitig läßt er das Bild in derselben Richtung fallen.)
Und hier das Bild.

Domaslav. Es ist's.

Lapak. Ich sah's zuerst.

Domaslav. Ich hab's zuerst ergriffen.

Biwoy. Nun, und ich?
Man wird mir meinen Teil doch nicht bestreiten?

Domaslav.
Doch ob's das rechte nun?

Biwoy. Ja wohl, laßt sehn!

(Sie stehen seitwärts gewendet, das Bild betrachtend, das sie sich wechselweise aus der Hand nehmen.)

Primislaus *(die Kette in den Busen steckend).*
Ich nehme meinen Lohn, der mir ein Zeichen
So gut wie jenes andre. Und Libussa
Sie wird erinnert. Hoffnung bleibt wie vor.
(Er entfernt sich nach der linken Seite.)

Domaslav *(das Bild in der Hand haltend).*
Hier steht es: Krokus hier.

Lapak. Und hier Libussa.
(Sie wenden sich um.)
Wo aber blieb der Mann?

Domaslav. Und wo die Kette?
(Ans Schwert greifend.)
Verräterei!

Biwoy. Verräter? Und warum?
Der Handel ward geschlossen: Ihm die Kette
Und uns das Bild. Er ist in seinem Recht.
Wir haben was wir suchten. Laßt uns heim;
Libussa muß nun wählen unter uns,

Die sie verbannt, vielleicht für immer glaubte.
Und sucht sie Ausflucht etwa weiter noch,
Bleibt uns das Schwert.

Lapak. Und was selbst Schwache schützt:
Vereinigung.

Biwoy. Recht gut, fühlt ihr euch schwach,
Ich nicht. – Du Knabe dort, komm nur herbei
(der Knabe kommt vom Hintergrunde links)
Nimm jenes Kissen auf. Und lach nicht wieder,
Wie du vorerst getan.
(Das Bild auf das Kissen legend.)
Hier ist das Rätsel,
Das auch die Lösung ist. Nun lachen wir.
Es soll sich manches ändern hier im Land
Und auch in euerm Haus, geliebt's den Göttern.
Der Fürstin Weisheit ehr ich; doch ein Mann,
Es hat doch andern Schick!

Die beiden. Ja wohl!

Biwoy *(sich mit einem verächtlichen Blick von ihnen wendend und dem Knaben folgend).*
Nur vorwärts!

(Die beiden andern, hinter ihm hergehend, reichen sich die Hände, indem sie ihr Mißtrauen gegen ihn und ihr Einverständnis durch Gebärden ausdrücken.)

VERWANDLUNG

Platz vor Libussas Schlosse wie zu Anfang des Aufzuges.

Libussa kommt mit Gefolge. Auf der entgegengesetzten Seite, links im Hintergrunde, haben sich mehrere Männer aufgestellt.

Libussa.
Setzt mir den Stuhl heraus; ich will ins Freie.
Vielmehr nur: sattelt mir das weiße Roß,
Dasselbe das mich einst nach Budesch trug,
In jener Nacht, als bei des Vaters Scheiden
Ich Herrin, Sklavin ward von diesem Land.
Wer sind die Leute dort?

Wlasta. Die Streitenden
Von heute morgen.
Libussa. Und sie streiten noch?
Und einen Markstein gilt's, den man verrückt?
Einer der Streitenden.
Hier dieser hat's getan!
Libussa. Sahst du's?
Derselbe. Ich sah es nicht.
Libussa.
Und sahen's andre?
Der nämliche. Nein.
Libussa. Und zeihst den Bruder
Des Frevels doch? Vergleicht euch!
Der zweite. Wohl, ich will.
Der erste.
Ich nicht.
Libussa. Und wenn ich dreifach Land dir gebe
Für das was du verlierst?
Der erste. Ich will mein Recht.
Libussa. Von allen Worten, die die Sprache nennet,
Ist keins mir so verhaßt als das von Recht.
Ist es dein Recht wenn Frucht dein Acker trägt?
Wenn du nicht hinfällst tot zu dieser Frist,
Ist es dein Recht auf Leben und auf Atem?
Ich sehe üb'rall Gnade, Wohltat nur
In allem was das All für alle füllt,
Und diese Würmer sprechen mir von Recht?
Daß du dem Dürft'gen hilfst, den Bruder liebst,
Das ist dein Recht, vielmehr ist deine Pflicht,
Und Recht ist nur der ausgeschmückte Name
Für alles Unrecht das die Erde hegt.
Ich les in euren Blicken wer hier trügt,
Doch sag ich's euch, so fordert ihr Beweis.
Sind Recht doch und Beweis die beiden Krücken,
An denen alles hinkt was krumm und schief.
Vergleicht euch! sonst zieh ich das Streitgut ein
Und lasse Disteln säen drauf und Dornen
Mit einer Überschrift: Hier wohnt das Recht.
Erster Streitender.
Doch du erlaubst, o Fürstin, daß den Anspruch
Wir Männern unsersgleichen legen vor.

Libussa *(sich wegwendend).*
Wenn Gleiches sie begehren sind sie gleich,
Doch Gleiches leisten, stört mit eins die Gleichheit.
(Die drei Wladiken kommen mit dem Knaben der das Kissen trägt.)
Noch mehr der Toren! Wollt ihr auch ein Recht?
Domaslav.
Ja Fürstin, ja; und zwar auf deine Hand.
Libussa.
Nicht mehr als das? Fürwahr ihr seid bescheiden.
Lapak. Gelöst ist die Bedingung, die du setztest.
Domaslav. Wir haben was du fordertest. Hier ist's.
(Auf das Kissen zeigend.)
Libussa. So habt ihr ihn getötet?
Biwoy. Wen?
Libussa. Den Mann
Der es besaß.
Biwoy. Er lebt.
Libussa. Und gab's?
Domaslav. Für Gold.
Libussa. So ist er auch denn wie die andern alle:
Ein Sklav' des Nutzens; nur der Neigung Herr,
Um etwa mit Gewinn sie zu verhandeln,
Fahr hin o Hoffnung! erste, letzte du.
Der erste der Streitenden *(zu den Wladiken herüberrufend).*
Nehmt euch, ihr Herrn, der Unterdrückten an!
Libussa *(zu ihm).*
Geduld mein Freund! Ich werde, will dich richten,
Verhärtet wie ich bin, paßt mir das Amt.
(Zu den Wladiken).
Er nahm das Gold freiwillig?
Biwoy. Ja, die Kette.
Libussa.
Dieselbe die ich gab? Sie fehlt.
Biwoy. Er hat sie.
Libussa. Und ihr, ihr überließt –?
Biwoy. Es war der Preis,
Den er, trotz höherm, einzig nur verlangte.
Libussa.
Habt Dank! – Der Mann ist klug. Wohl edel auch.

Befreit mich von der Werbung dieser Toren,
Erinnert mich an meinen Dank, und hat
Was ihn als Gegenstand des Danks bezeichnet.
Wo ist der Mann? Bringt her ihn!

Lapak. Er ist fern.
Den Schiedspruch kaum getan, war er verschwunden.

Libussa.
Wohl also stolz auch. Gut, ich liebe Stolz,
Zumal wenn er in eigner Höhe sucht
Den Maßstab, nicht in fremder Niedrigkeit.
Verschmäht er meinen Dank? Ich will ihn sehn.

Lapak.
Doch erst entscheide, Fürstin, unsern Anspruch.

Libussa.
Wozu entscheiden was entschieden schon?
Halb habt ihr nur erfüllt des Spruches Sinn.
Verboten ward zu teilen, ihr teilt mit
An einen Fremden was euch ward zu hüten.
Hinzuzufügen galt's was man verlor,
Ihr aber, statt des Ganzen, bringt den Teil.
Halb habt ihr nur erfüllt, drum halb der Lohn.
Werbt wie bisher und bleibt an meinem Hof.

Domaslav.
Wir sind betrogen.

Biwoy. Sagt' ich's nicht?

Der erste der Streitenden *(der indessen mit seinem Gegner gehadert).* Mein Recht!
Ich will mein Recht. O wäre hier ein Mann,
Der ernst entschiede wo es geht um Ernstes.

Mehrere *(mit Domaslav und Biwoy).*
Ja wohl: ein Mann, ein Mann!

Libussa. Da lärmen sie,
Und haben, fühl ich, recht. Es fehlt ein solcher.
Ich kann nicht hart sein weil ich selbst mich achte.
Den Zügel führ ich wohl mit weicher Hand,
Doch hier bedarf's des Sporns, der scharfen Gerte.

Wohlan ihr Herrn, ich geb euch einen Mann.
(Da die drei Wladiken näher treten.)
Glaubt ihr von euch die Rede? Dermal nicht.
(Wieder vor sich hin sprechend.)

Du dünkst dich klüger als Libussa ist?
Ich will dir zeigen, daß du dich betrogen.

Dem Fischer gleich wirfst du die Angel aus,
Willst ferne stehn, belauernd deinen Köder.
Libussa ist kein Fischlein das man fängt.
Gewaltig wie der fürstliche Delphin
Reiß ich die Angel dir zusamt der Leine
Aus schwacher Hand und schleudre dich ins Meer,
Da zeig denn ob du schwimmen kannst, mein Fischer.
(Zu dem Volke.)
Da gilt es denn den Mann euch zu bezeichnen,
Der schlichten soll und richten hier im Land,
Und nahe stehn, wohl etwa nächst der Fürstin.

Ich habe lang zu euch Vernunft gesprochen,
Doch ihr bliebt taub; vielleicht horcht ihr dem Unsinn,
Ob scheinbar oder wirklich gilt hier gleich.

Seht hier das Roß, denselben weißen Zelter,
Der mich nach Budesch trug an jenem Tag,
Da ich nach Kräutern suchend fand die Krone.

Führt ihn hinaus am Zaum zu den drei Eichen,
Wo sich die Wege teilen in den Wald,
Dort laßt den Zügel ihm und folgt ihm nach,
Und wo es hingeht, suchend seinen Stall
Und früherer Gewohnheit alte Stätte,
Dort tretet ein. Ihr findet einen Mann
In Pflügerart, der – da es dann wohl Mittag –
An einem Tisch von Eisen tafelnd sitzt
Und einsam bricht sein Brot. Den bringt zu mir.
Das ist der Mann, den ihr und ich gesucht.
Was jetzo leicht und los das macht er fest,
Und eisern wird er sein so wie sein Tisch
Um euch zu bändigen, die ihr von Eisen.
Die Luft wird er besteuern, die ihr atmet,
Mit seinem Zoll belasten euer Brot,
Der gibt euch Recht, das Recht zugleich und Unrecht
Und statt Vernunft gibt er euch ein Gesetz,
Und wachsen wird's wie alles mehrt die Zeit,

Bis ihr für euch nicht mehr, für andre seid.
Wenn ihr dann klagt, trifft selber euch die Klage,
Und ihr denkt etwa mein und an Libussens Tage.
(Indem sie mit einem leichten Schlage das Pferd zum Gehen ermuntert und die übrigen zu beiden Seiten Raum machen, fällt der Vorhang.)

DRITTER AUFZUG

Gehöft vor Primislaus' Hütte wie zu Anfang des ersten Aufzuges. Ein umgewendeter Pflug rechts im Vorgrunde.

Primislaus *(rechts in die Szene sprechend).*
Bringt nur die Stiere zum ersehnten Stall!
Der Pflug bleibt hier. Ich will darauf mich setzen.
Der Tag war heiß, die Arbeit ist getan.
(Er setzt sich, die Stirn in die Hand stützend.)
Nun wackrer Pflügersmann, es steht dir wohl
Aus deinem schlichten Tun den Blick zu heben
Nach dieses Lebens Höhn, vom Tal zum Gipfel.
Zwar heißt's, es war in längstentschwundner Zeit
Im Lande weit begütert unser Stamm
Und licht und hehr in seinen ersten Wurzeln.
Allein was soll das mir? Ist heut doch heut,
Und Gestern aus demselben Stoff wie Morgen.

Nebstdem, daß wär' ich einer der Wladiken,
Ich mich nicht stellte zu so hoher Werbung.
Denn wie im Bienenstock die Königin
Nicht nur die höchste, einzig ist, allein,
Von niedern Drohnen nur zur Lust umflattert,
Indes die Arbeitsbienen Honig baun,
So ist der auf dem Throne sitzt, nur sich,
Sich selber gleich und niemandes Genoß.
Der Fürst verklärt die Gattin die er wählt,
Die Königin erniedrigt den als Mann,
Den wählend sie als Untertan erhöht,

Denn es sei nicht der Mann des *Weibes* Mann,
Das Weib des *Mannes* Weib, so steht's zu Recht.
Drum wie die Frau ist aller Wesen Krone,
Also der Mann das Haupt, das sich die Krone aufsetzt,
Und selbst der Knecht ist Herr in seinem Haus.
(Er ist aufgestanden.)
So sprichst du, prahlst, und trägst im Busen doch
Was dich an jene Hoffnung jetzt noch kettet.

Man sage nicht das Schwerste sei die Tat,
Da hilft der Mut, der Augenblick, die Regung;
Das Schwerste dieser Welt ist der Entschluß.
Mit eins die tausend Fäden zu zerreißen
An denen Zufall und Gewohnheit führt,
Und aus dem Kreise dunkler Fügung tretend
Sein eigner Schöpfer zeichnen sich sein Los,
Das ist's wogegen alles sich empört
Was in dem Menschen eignet dieser Erde
Und aus Vergangnem eine Zukunft baut.
Daß sie mein denkt, daß wach in ihrer Seele
Mein Bild – nicht einmal das: ein Traum, ein Nichts,
Das tausend Formen so wie meine kleiden,
Das nicht einmal ein Name ihr bezeichnet,
Kein Gleichnis, denn sie sah mich damals kaum
Als uns die Nacht im Wald zusammenführte,
Das weckt in mir ein gleichverworrnes Nichts,
Das doch mein Glück ist, meines Lebens Säule,
Und das zerstören ich nicht mag, nicht kann.

Wär' sie ein Hirtenmädchen, nicht Libussa,
Und ich der Pflüger der ich wirklich bin,
Ich träte vor sie hin und sagte: Mädchen,
Ich bin derselbe dem du einst begegnet.
Sieh hier das Zeichen. Wird's nun licht in dir,
Wie längst in dieser Brust, so nimm und gib!
(Die Hand hinhaltend.)
Dann könnte sie nicht sprechen: Guter Mann,
Stellt dort euch zu den Dienern meines Hauses,
Des, wes ihr mich erinnert, denk ich kaum.

Ei wackrer Mann, setz dich nur wieder hin,

Nimm Käs' und Brot aus deiner Pflügertasche
Und halte Mahl am ungefügen Tisch.
Ist's eignes Brot doch, das erhält und stärkt,
Das Brot der Gnade nur beengt und lastet.
(Er hat sich wieder gesetzt und den Inhalt seiner Tasche auf die Pflugschar ausgelegt.)
Sie hat mein Roß, das etwa so viel gilt
Als diese goldnen Spangen die ich trage,
Und so sind sie mein Eigentum zu Recht.

Ich wollte, sie bestieg' einmal den Zelter
Und in Gedanken ihm die Zügel lassend,
Trüg' sie das Tier hieher.
Doch welch Geräusch?
Täuscht mich mein Aug? Das ist mein Roß; doch leer
Und ohne Reiter, rings von Volk umgeben.
Bin ich im Land der Märchen und der Wunder?
Doch folgen die Wladiken, seh ich nun,
Die sich erdachten etwa solchen Fund
Um zu ergänzen was nur halb in ihrer
Und halb in meiner Hand. Kommt immer, kommt!
Ich fühle mich als Herr in meinem Haus,
Und so brech ich mein Brot. Ist doch der Pflüger,
Indem er alle nährt, den Höchsten gleich:
Wie Wasser und wie Luft, die niemand kauft,
Doch mit dem Leben zahlt, entbehrt er ihrer.
(Die drei Wladiken kommen, von Volk begleitet, von der linken Seite.)
Biwoy. Hier blieb der Zelter stehn, hier ist der Ort.
Domaslav.
Und hier der Mann, der, wie Libussa sprach,
An einem Tisch von Eisen sitzt, sein Brot
Auf einer Pflugschar mit den Händen teilend.
Biwoy. Derselbe ist's, es ist der nämliche,
Der unsern Streit geschlichtet.
Lapak. Mir wird's hell.
Primislaus *(aufstehend)*.
Glück auf ihr Herrn! Was führt euch her zu mir?
(Man hat das Pferd gebracht. Primislaus hinzutretend und es streichelnd.)
Ha Prischenk, du mein Roß, du wieder heim?

L a p a k. Sein Roß?
P r i m i s l a u s. Noch einmal denn: was führt euch her?
D o m a s l a v. Der Fürstin Wort.
P r i m i s l a u s. Libussas?
L a p a k. Sie befahl
An ihren Hofhalt dich mit uns zu führen.
P r i m i s l a u s.
Galt mir auch, euch zu folgen, der Befehl?
L a p a k. Das nicht.
P r i m i s l a u s. Doch, wenn ich's nun verweigerte,
Kommt ihr mit Macht, mich nöt'genfalls zu zwingen.
Seid unbesorgt, ich folg euch ohne Zwang.
Was aber war der hohen Ladung Grund?
D o m a s l a v.
Wir wissen's nicht.
L a p a k. Vielleicht doch ward ihr kund,
Daß du ein schlauer Richter bist zu eignem Nutzen,
Und wünscht als Richter dich zu nutz dem Volk.
Zum mindsten lag ein Fall vor, der verwirrte.
P r i m i s l a u s.
Ich richte niemand als mich selber etwa,
Und täusche nicht, als wer sich selbst getäuscht.
D o m a s l a v.
Besteig das Roß denn und folg uns nach Hof.
P r i m i s l a u s.
Dies Tier, das meine Fürstin hat getragen,
Besteige niemand, der nicht eignen Rechts,
Nebstdem daß es das ihre, und ich wünsche,
Daß es das ihre bleibe, nach wie vor.
Dann, sollt' ich mit der Arbeit Staub beladen
Mich nahn dem Ort, wo Arbeit nur ein Gast,
Nicht der Bewohner ist? Ich geh ins Haus
Und schmücke mich wie sich der Landmann schmückt.
Auch, da man Höhern naht mit Ehrengaben,
Bring ich von Früchten und von Blumen ihr,
Wie sie der Armut eignen, ein Geschenk.
So lang, ihr Herrn, zerstreut euch im Gehöft.
Man reicht euch Met und Milch und nährend Brot,
Auf daß gestärkt wir gehn, wo Stärke not.
(Er entläßt sie mit einer Handbewegung und geht in die Hütte.)

L a p a k. Hast du gehört?
D o m a s l a v. Wie stolz.
B i w o y. Nun um so besser.
Stolz gegen Stolz, wie Kiesel gegen Stahl,
Erzeugt, was beiden feind, den Feuerstrahl.
(Alle nach der linken Seite ab.)

VERWANDLUNG

Tiefes Theater. Im Hintergrunde auf einem Felsen das Schloß der Schwestern.

Wlasta und Swartka vom Hintergrunde nach vorn kommend.

W l a s t a. So weigern mir die Schwestern, deine Fraun,
Den Eintritt denn?
S w a r t k a. Sie sind nicht gern gestört.
W l a s t a. Und wissen sie: ich komme von Libussen.
S w a r t k a. Sie wissen es.
W l a s t a. Und doch –?
S w a r t k a. Und doch. – Verzieh!
Sie steigen nieder von dem jähen Abhang,
Den Weg vom Schloß ins Freie. – Tritt zurück!
Wenn sie vorübergehen, sprich sie an.
(Kascha und Tetka sind von der Höhe herabgekommen.)
K a s c h a. Ich sage dir: die Wasserwaage zittert,
Der Boden bebt, die Zeit gebiert ein Neues.
W l a s t a. Erlauchte Frau.
K a s c h a. Ah, Wlasta, sei gegrüßt!
Willkommen hier im Freien, denn im Schloß
War's nicht gegönnt.
W l a s t a. Und wer verbot's?
T e t k a. Wir selber.
Wer aufmerkt, der gebeut selbst und gehorcht.
W l a s t a. Die Fürstin, meine Frau –
K a s c h a. Wir wissen es.
Libussa will zurück in ihrer Schwestern Mitte,
Empört von ihres Volkes wildem Trotz.
Sag ihr, das kann nicht sein.

W l a s t a. Du meinst wie ich.

K a s c h a.
Vielleicht nicht ganz. Allein, – und sag ihr das –
Wer gehen will auf höh'rer Mächte Spuren
Muß einig sein in sich, der Geist ist eins.
Wem's nicht gelungen all die bunten Kräfte
Im Mittelpunkt zu sammeln seines Wesens,
So daß der Leib zum Geist wird, und der Geist
Ein Leib erscheint, sich gliedernd in Gestalt,
Wem ird'sche Sorgen, Wünsche und das schlimmste
Von allem was da stört, – Erinnerung,
Das weitverbreitete Gemüt zerstreun,
Für den gibt's fürder keine Einsamkeit,
In der der Mensch allein ist mit sich selbst.
Die Spuren ihres Wirkens, ihres Amts,
Sie folgen künftig ihr wohin sie geht.
Wozu noch kommt, daß in der letzten Zeit
Die Neigung, scheint's, die Neigung zu dem Mann,
In ihrem edlen Innern Platz gegriffen;
Zum mindsten war das Kleinod das du brachtest,
Als Zeichen deiner Sendung, nicht mehr strahlend,
Gewesen war's in einer fremden Hand.
Sie kann nicht mehr zu uns zurück, denn störend
Und selbst gestört, zerstörte sie den Kreis.

(Sie tun ein paar Schritte. Wlasta tritt ihnen in den Weg.)

W l a s t a. Doch gebt ihr Rat der Fürstin, wie sie bändigt
Die Meinungen des Volks, mit sich im Kampf.

K a s c h a.
Kennt einen Weisern sie im Volk als sich,
So steige sie vom Stuhl und gönn' ihn jenem.
Doch ist die Weisre sie, wie sie's denn ist,
So gehe sie den ungehemmten Gang,
Nicht schauend rechts und links was steht und fällt.
Der Fragen viel erspart die feste Antwort.
Ich sehe rings in weiter Schöpfung Kreisen
Und finde übrall weise Nötigung.
Der Tag erscheint, die Nacht, der Mond, die Sonne,
Der Regen tränkt dein Feld, der Hagel trifft's,
Du kannst es nützen, kannst dich freuen, klagen,
Es ändern nicht. Was will das Menschenkind
Daß es die Dinge richtet die da sind.

Tetka.
Das Denken selbst, das frei sich dünkt vor allen,
Ist eigner Nötigung zu Dienst verfallen.
Hat sich der Grund gestellt, so folgt die Folge,
Und zwei zu zwei ist minder nicht noch mehr
Als vier, ob fünf dir auch willkommner wär'.
Wer seine Schranken kennt der ist der Freie,
Wer frei sich wähnt ist seines Wahnes Knecht.

Kascha.
Hoffst du durch Überzeugen dich geschützt?
Es billigt jeder das nur was ihm nützt.
Ein einz'ges ist was Meinungen verbindet:
Die Ehrfurcht, die nicht auf Erweis sich gründet.
Der Sohn gehorcht, gab sich der Vater kund,
Den Ausspruch heiligt ihm der heil'ge Mund.
Daß *einer* herrsche ist des Himmels Ruf,
Weil zum Gehorchen er die Menschen schuf.
Wir selbst, als Schwestern deiner Fürstin gleich,
Gehorchen ihr, weil ihrer ward das Reich.
Und fällt's zu widerstreben jemand ein,
Mag er versuchen erst kein Mensch zu sein.

(Indem die Fürstinnen ihren Weg fortsetzen, und Wlasta, wie zu neuen Vorstellungen ihnen zur Seite folgt, gehen alle nach links ab.)

Saal in Libussas Schlosse. Zur rechten Seite ein Thron auf Stufen.

Dobromila *(kommt von der rechten Seite, zurücksprechend).* Der Erker hier reicht weiter in das Feld!
(Sie tritt an ein Fenster das sie öffnet.)

Libussa *(von derselben Seite kommend).*
Und siehst du hier auch nichts?

Dobromila. Wie vor noch immer,
Ringsum von den Wladiken keine Spur.

Libussa. Ich sagte dir du sollst nach Wlasta sehn,
Die ich gesandt zu meinem Schwesterpaar,
Und die, halb Mann sie selbst, nach Männerart
Die Zeit mit Vielgeschäftigkeit zersplittert.

Sagt einer Frau: Tu das! sie richtet's aus;
Der Mann will immer mehr als man geheißen.
Liebt sie zu sprechen, lüstet's ihn zu hören,
Und was er seine Wißbegierde nennt,
Ist Neugier nur in anderer Gestalt.
Wenn nicht zu träg, er spräche mehr als sie.

Ich will zu meinen Schwestern auf Hradschin!
Zur Gnade leben trotzigen Vasallen,
Die alles was Gewicht weil es Gehalt,
Erst auf der Waage eignen Zweifels wägen,
Der nur bezweifelt was ihm nicht genehm.
Das soll nicht sein mit Krokus' Fürstentochter.
Sie mögen sich bestreiten, sich bekriegen,
Vielleicht wird sie die Not, doch nie das Wort besiegen.

Fast reut es mich, daß ich die Toren sandte
Nach jenem andern Toren, wie es scheint,
Der trotzig so wie sie und stolz dazu,
Dort zögert wo die Eile noch zu langsam.
Wenn ich gewürdigt ihn noch sein zu denken,
Wenn unter dieser Stirn, in dieser Brust
Die Spuren noch lebendig jenes Eindrucks
Den gebend ich empfing, was hält ihn ab
Hervorzutreten aus der Dunkelheit
Des Ohres und der Nacht ans Licht des Auges,
Den Dank zu holen, ob auch nicht den Lohn?

Und unter *solchen* wär' mein Los zu weilen?
Wohl etwa gar, wie die Wladiken meinen,
Mein Selbst geknüpft an einen ihrer Schar?
Die Glieder dieses Leibes, die mein eigen,
Zu Lehen tragen von der Niedrigkeit?
Der Hand Berührung und des Atems Nähe
Erdulden, wie die Pflicht folgt einem Recht?
Mich schaudert. All mein Wesen wird zum: Nein.

Es soll sich Wlasta einem Mann vermählen
Und ihre Kinder folgen mir im Reich.
D o b r o m i l a. Ich sehe Staub.
L i b u s s a. Nun Staub ist eben nichts.

Dobromila. Allmählig doch entwickeln sich Gestalten.
Ha, die Wladiken sind's.
Libussa. Und Wlasta nicht?
Dobromila. Der Zug umgibt dein zügelfreies Roß.
Libussa. Das keinen Reiter trägt?
Dobromila. Ich sehe keinen.
Vor allen her nur geht ein einzelner,
Geschmückt mit Blumen wie –
Libussa. Ein Opfer etwa?
Ich will des Schrittes Unlust ihm ersparen,
Und schien die Frau ihm nicht des Kommens wert,
Soll ihm die Fürstin wert der Achtung scheinen.
(In die Hände klatschend.)
Herbei ihr Diener, Mägde dieses Hauses,
Umgebt die euch gebeut in voller Schar
Auf daß, wer Hohes sonst nicht kann erkennen,
Zum mindsten mit dem Aug es nehme wahr.

(Von der rechten Seite ist Libussens Gefolge eingetreten und hat sich in Reihen gestellt. Sie selbst besteigt den Thron. – Primislaus kommt von der linken Seite. Hinter ihm die Wladiken und Volk. Er trägt einen Kranz von Ähren und Kornblumen auf dem Kopfe, in der rechten Hand eine Sichel, mit dem linken Arme hält er einen Korb mit Blumen und Früchten.)

Primislaus. Auf dein Geheiß erschein ich, hohe Fürstin,
Mit Landmanns Gaben und in Landmanns Schmuck
Und dir zu Füßen leg ich meine Habe.
Den Kranz von Ähren, die der Fluren Krone
Und minder nicht von Gold als Fürstenschmuck,
Ich neig ihn vor der Fürstin Diadem.
Die Sichel, die mein Schwert, der Waffen beste,
Denn sie bekämpft der Menschen ärgsten Feind,
Des Name schon ein Schreckensbild: die Not,
Ich strecke sie, von höhrer Macht besiegt.
Und dies mein Schild, bemalt nicht nur mit Zeichen,
Geschmückt mit Inhalt und mit Wirklichkeit,
Das Wappen meines Standes, meines Tuns,
Ich biet es dir als ärmliches Geschenk,
Wie es dem Höhern wohl der Niedre beut,
Der sich als niedrig weiß, obgleich nicht fühlt.
Und so aus meinem Haus, das meine Burg,

Komm ich zu Hof und, neigend dir mein Knie,
Frag ich, o Fürstin: was ist dein Gebot.
(Er kniet.)

Libussa.
Es scheint du sprichst als Gleicher zu der Gleichen.

Primislaus.
Dir neigt sich nicht mein Knie nur, auch mein Sinn.

Libussa.
Doch wenn sich beide nicht aus Willkür beugten,
Erreichten sie wohl etwa doch mein Maß?
Steh auf!

Primislaus.
Wenn meine Gaben du erst nahmst,
Der Geber sieht in ihnen sich verschmäht.

Libussa.
So nehmt sie denn! Ich liebe diese Blumen,
Weil sie als Meinung gelten ohne Wert.
(Man hat den Korb zu ihren Füßen gesetzt.)
Du nennst sie deinen Schild. Ein einfach Wappen!
Doch wär' ein Wahlspruch etwa beigefügt,
Was gilt's? er wäre stolz, so wie sie einfach.

Primislaus *(der aufgestanden ist)*.
Ein Wahlspruch auch fehlt meinem Schilde nicht,
Demütig aber ist er wie die Zeichen.
Du liebst in Rätseln auszusprechen dich
Und knüpfst daran die höchsten deiner Gaben.
Dich selbst. Erlaube, daß ich ähnlich spreche.
(Den Korb aufnehmend und ihr darreichend.)
Unter Blumen liegt das Rätsel
Und die Lösung unter Früchten.
Wer in Fesseln legte trägt sie,
Der sie trägt ist ohne Kette.

Libussa *(die Blumen betrachtend)*.
Das ist nun wohl des Ostens Blumensprache,
Die träumend redet mit geschloßnem Mund,
Und diese Rosen, Nelken, saft'gen Früchte
Sind wohl geordnet zu geheimen Sinn.
Bei beßrer Muße findet sich die Deutung.
(Den Korb abgebend.)
Doch Rätsel geben ziemt nur der Gewalt,
Die Rätsel lösen eignet dem Gehorsam.

Drum offen, da geheim nur was vertraut:
Sahst du mich irgend schon?
Primislaus. Wer sah dich nicht
Als dich das Land mit seiner Krone schmückte?
Libussa. Und sprach ich je zu dir?
Primislaus. Zu mir, wie allen,
Die als dein Wort verehren dein Gesetz.
Libussa. Der Zelter den ich sandte, ohne Leitung,
Er blieb in deines Hauses Räumen stehn.
War er je dein?
Primislaus. Und wär' er's ja gewesen,
Wenn ich ihn gab, war er nicht mehr mein eigen.
Ein Mann geht zögernd vorwärts, rückwärts nie.
Libussa.
Ein Mann, ein Mann! Ich seh es endlich kommen.
Die Schwestern mein sie lesen in den Sternen,
Und Wlasta führt die Waffen wie ein Krieger,
Ich selber ordne schlichtend dieses Land;
Doch sind wir Weiber nur, armsel'ge Weiber:
Indes sie streiten, zanken, weinerhitzt,
Das Wahre übersehn in hast'ger Torheit
Und nur nach fernen Nebeln geizt ihr Blick,
Sind aber Männer, Männer, Herrn des All!
Und einen Mann begehrt ja dieses Volk;
Das Volk, nicht ich; das Land, nicht seine Fürstin.
Du giltst für klug, und Klugheit ist ja doch
Ein Notbehelf für Weisheit wo sie fehlt.
Sie wollen einen Richter, der entscheide,
Nicht was da gut und billig, fromm und weise,
Nein, nur was recht, wieviel ein jeder nehmen,
Wieviel verweigern kann, ohn' eben Dieb
Und Schelm zu heißen, ob er's etwa wäre.
Dazu bist du der Mann, wie's mindstens scheint.
Allein der Richter sei vor allem frei
Von fremdem Gut, soll er das fremde schützen.
Drum sag nur an: ist nichts in deinen Händen
Was mir gehört und du mir vorenthältst?
Primislaus.
Dein bin ich selbst und all was ich besitze,
Was ich *besaß* ist nicht in meiner Hand.
Libussa. Mir widert dieser Reden Doppelsinn,

Die nichts als Stolz, als schlechtverhüllter Hochmut.
Drum frag ich offen dich zum letztenmal –

Doch regt sich auch der Stolz in dieser Brust
Ausweichen den zu sehn den ich begrüßt,
Den zu bemerken nur ich mich gewürdigt.

So höre du auch eine Gleichnisrede,
Sie soll mir zeigen ob du weise bist.
(Vom Throne herabsteigend.)

Ein König hatte sich verirrt beim Jagen
Und fand bei einem Landmann Dach und Schutz.
Des andern Tags, zur Hofburg heimgekehrt,
Vermißt er – einen Ring, ihm wert, ja heilig,
Den er bei Nacht, man weiß nicht wie, verlor.
Da läßt verkünden er auf allen Straßen,
Daß, wer das Kleinod, seines Vaters Erbteil,
Ihm wiederbringt, belohnt mit reichen Gaben
Ihm nächst soll stehen, hoch in seiner Gunst.
Was hättest du getan, warst du der Landmann?

Primislaus.
Vielleicht fühlt' ich mich durch die Tat belohnt,
Und jener Ring, als Ausdruck des Bewußtseins,
War teurer mir als selbst der höchste Lohn.

Libussa. So tat er auch, der Tor. Er gab ihn nicht.
Doch bald darauf brach aus in jener Gegend
Ein Aufstand, den veranlaßt – was weiß ich? –
Vielleicht des Königs Güte, wie so oft.
Doch jener Fürst, der nicht nur milder Vater,
Auch strenger Richter, sammelt rasch ein Heer,
Zieht gegen die Empörer und besiegt sie.
Ein Teil fällt durch das Schwert, der Überrest,
Er harrt gefangen eines gleichen Schicksals
Durch Henkershand. Da läßt der Fürst verkünden:
Der allgemeinen Strafe sei entnommen
Der einzige, der das vermißte Kleinod
Ihm wiederbringt; als Lohn für jenen Dienst,
Den er, ob Pflicht, doch seinem Herrn erwiesen.

Primislaus *(lebhaft).*
Nun weiß ich die Geschichte, hohe Frau!

L i b u s s a. Was also tat der Mann, wenn's dir bekannt?
P r i m i s l a u s. Er warf den Ring am Weg in einen Busch.
Unschuldig, sprach er, soll mich Unschuld schützen,
Wenn schuldig, sei die Strafe mir der Schuld.
Auf alle gleich der Fürst den Zorn entlade,
Dem Zufall dank ich nichts, noch eines Menschen Gnade.
L i b u s s a. Weißt du was nun geschah?
P r i m i s l a u s. Ich weiß es nicht.
L i b u s s a. Der Fürst gab alle gleich dem Schwerte hin.
Verloren war der Ring, doch auch der Mann.

Ich habe mich getäuscht, du bist nicht klug,
Du kannst nicht Richter sein in diesem Land.

Es sinkt der Tag. Gönnt ihm für heut die Herberg.
Zeigt ihm das Schloß mit allen seinen Schätzen,
Damit er sehe was ein Herr und Fürst.
Am nächsten Morgen mag er heimwärts reisen
Und tafeln an dem selbstgewählten Tisch,
Vom selben Stoff, wie seine Worte weisen:
Der Kopf, das Herz, so wie sein Tisch, von Eisen.
(Indem sie mit einer geringschätzigen Handbewegung sich abwendet und Primislaus tiefverneigt dasteht, fällt der Vorhang.)

VIERTER AUFZUG

Auf den Wällen von Libussas Burg. Im Hintergrunde durch ein zinnenartiges Steingeländer geschlossen. Rechts und links halbrunde Türme mit Eingängen. Dobromila sitzt im Hintergrunde am Geländer und liest. Wlasta und Primislaus treten aus dem Turme links.

W l a s t a.
Komm hier heraus! Dort rechts ist deine Wohnung.
Hast du betrachtet dir das Schloß genau,
Und sahst du je im Leben solche Pracht?

Primislaus.
Ich nicht.
Wlasta. Ward manch ein Wunsch dabei nicht rege?
Primislaus.
Wer wünschte sich auch Flügel wie der Adler
Und Flossen wie der Fisch? Sie mögen's haben.
Das höchste, wie beschränkt auch, ist der Mensch,
Im König selbst der Mensch zuletzt das beste.
Auch, sah ich eure Betten gar so weich,
Dacht' ich: ihr Schlaf ist schlecht wohl, weil so wählich.
Und die Geräte in den Küchenräumen,
Verfälschend das Bedürfnis mit der Kunst,
Zu sagen schienen sie: Hier fehlt der Hunger,
Der beste Koch und auch der beste Gast.
In meiner Hütte ißt und schläft sich's wohl;
Der Überfluß ist schlechtverhüllter Mangel.
Wlasta. Da dich die Kunst so widersetzlich findet,
Wird Feld und Flur vielleicht dich mehr erfreun.
Komm hier und sieh hinaus in die Gefilde,
Die endlos sich dem Horizonte nahn.
Das alles, Berg und Tal und weite Flächen,
Das alles ist Libussas, meiner Frau.
Primislaus. Und sie die Seele denn so vieler Glieder?
Ich möchte nicht mein Selbst so weit zerstreun,
Aus Furcht nichts zu behalten für mich selbst.
(Kopf und Hände bezeichnend.)
Hier ist mein Rat und hier sind meine Diener,
Die Füße meine Boten, und das Herz
Es ist mein Reich, weit bis zum Sitz der Götter,
Und eine Spanne groß nur in der Brust,
Daß Raum für mich und alle meine Brüder.
Wär' ich ein Fürst, erschräk' ich vor mir selbst,
So wie ein Bild erschreckt das gar zu ähnlich.
(Dobromila bemerkend.)
Doch halt! wir stören hier.
Dobromila. Ich war vertieft,
Da merkt' ich nicht was rings um uns geschah.
Primislaus.
Dein Buch ist weise wohl?
Dobromila. Komm selbst und lies!
Primislaus. Ich kann nicht lesen, Frau!

Dobromila. Nicht lesen, wie?
Primislaus.
In Büchern nicht, allein in Mienen wohl.
Da les ich denn: du willst mich, Frau, beschämen.
Dobromila.
Vielleicht nur wundr' ich mich, daß du von Ländern
Und Fürsten sprichst, und weißt noch nicht was nötig:
Den Gang der Zeit von Anfang, die Geschichte.
Primislaus.
Was heut, war gestern morgen, – und wird morgen
Ein gestern sein. Wer klar das Heut erfaßt,
Erkennt die Gestern alle und die Morgen.
Dobromila. Was aber war das erste in der Welt?
Primislaus.
Das Letzte, Frau! Im Anfang liegt das Ende.
Dobromila. Die Sterne kennst du nicht?
Primislaus. Ich sehe sie,
Und sehen sie nicht mich, bin durch mein Sehen
Ich besser denn als sie.
Dobromila. Was ist das Schwerste?
Primislaus. Gerechtigkeit.
Dobromila. Du irrst mein rascher Freund!
Das allerschwerste ist: den Feind zu lieben.
Primislaus.
Halb ist das leicht, und ganz vielleicht unmöglich.
Allein bei allen Kämpfen dieses Lebens
Den Anspruch bändigen der eignen Brust,
Nicht mild, nicht gütig, selbst großmütig nicht,
Gerecht sein gegen sich und gegen andre,
Das ist das Schwerste auf der weiten Erde,
Und wer es ist, sei König dieser Welt.

Doch laß die toten Lehren deiner Blätter!
Die Wahrheit lebt und wandelt wie du selbst,
Dein Buch ist nur ein Sarg für ihre Leiche.
(Zu Wlasta hinzutretend, die von zwei hingelehnten Schwertern eines ergriffen hat und es prüfend beugt.)
Was schaffst du hier?
Wlasta. Du siehst, ich prüfe Waffen.
Primislaus.
Was soll dem Weib das Schwert?

Wlasta. Hier ist ein zweites,
Versuchen wir, gefällt's dir, einen Gang?

Primislaus.
Ich kann nicht lesen und ich kann nicht fechten.
Was soll das Spiel? Der Ernst erst macht die Waffe.
Allein bewehre drei und vier und fünf
Mit solchem Tand, und laß sie nachts versuchen
Zu dringen in die Hütte, meine Burg,
Bewehrt mit meines Vaters breiter Axt,
Tret ich entgegen ihnen, und der Mut
Mag dann entscheiden wer ein beßrer Krieger.

Ich bin ermüdet, zeige mir die Stätte
Wo man zu Nacht die Herberg mir bestellt.

Wlasta *(auf den Turm rechts zeigend).*
Sieh, dort!

Slawa *(hinter der Szene).*
Ihr sollt nicht, sag ich euch!

Primislaus. Was nur des Neuen?

Slawa *(aus dem Turme links kommend).*
O schützet mich!

Primislaus. Du bist das erste Weib
An diesem Wunderort, das Schutz begehrt,
Die andern sind vielmehr geneigt zu meistern.

Slawa.
Ja Schutz vor dir und deinesgleichen, Mann.

Primislaus. Vor mir?

Slawa. So denn vor deinesgleichen.
Sie bilden sich nun ein mich schön zu finden,
Obgleich ich es nicht bin, ja sein nicht mag.
Da folgt mir denn der überläst'ge Schwarm
Und tritt entgegen mir auf allen Pfaden.
Der eine faßt die Hand mir mit der seinen,
Der andre dreht die Augen quer im Kopf
Wie ein Verscheidender, schon halb Verstorbner,
Der dritte kniet und schwört beim hohen Himmel,
Ich sei das Kleinod dieser weiten Welt,
Von meinem Blick erwart' er Tod und Leben.
Wie jämmerlich ist aber das Geschlecht,
Das alles was den Menschen ehrt und adelt
Blöd übersieht und nur nach äußern Gaben,

Nach Weiß und Rot, nach Haar und Zahn und Fuß,
Den Abgott wählt, das Letzte sich des Strebens.

Primislaus.
Mein Kind, was dich die Männer heißt verachten,
Birgt etwa wohl Verachtung für dich selbst.
Wer nach dem Äußern seine Wahl bestimmt,
Bezweifelt, fürcht ich, sehr den Wert des Innern.
Man sucht den Diamant läg' er im Staube,
Geschliffnem Glas gibt erst der Glanz den Wert,
Ist all sein Wesen Glänzen doch und Scheinen.
Dein Weg führt dich zurecht, hier bist du sicher.
Mir ist das Weib ein Ernst, wie all mein Zielen,
Ich will mit ihr, – sie soll mit mir nicht spielen.

Sagt das der Fürstin als den letzten Gruß
Am Morgen, wenn ich fern schon meiner Wege.
(Er geht in den Turm rechts.)

Wlasta.
Ich folg ihm nach, so lautet der Befehl.
(Sie geht in denselben Turm.)
(Libussa kommt aus dem Turme links.)

Libussa. Wie ist's mit jenem Mann?

Dobromila. Er ist von Stahl.

Libussa.
Es brach wohl auch ein Schwert schon im Gefecht.
Was spröde ist zerbrechlich.
(Zu Dobromila.) Folg du ihnen.
Der Abend dämmert schon, es ziemt sich nicht,
Daß er und sie allein in solcher Stunde.
(Da Dobromila gehen will.)
Vielmehr gebt einen Schleier mir. Ich selbst
Will Zeuge sein wie weit sein Starrsinn geht.

Gehorchen soll er und dann mag er ziehn.
Ich fühl' es fast wie Haß im Busen quellen.
(Ab in den Turm links.)

Gemach im Innern des Turmes. Links im Vorgrunde ein Teppich-behangener Tisch.

Primislaus und Wlasta treten ein.

Wlasta. Hier denn ist dein Gemach.
Primislaus. Ich danke dir.
Und da ich morgen mit dem Frühsten scheide,
So nimm schon heut ein doppelt Lebewohl.
Wlasta. So willst du fort?
Primislaus. Mein Haus ist unbestellt,
Auch gab mir meinen Abschied schon die Fürstin.
Wlasta. Und hast du ihr, Libussen, nichts zu sagen?
Primislaus.
Was nur?
Wlasta. Sie glaubt in dir denselben zu erkennen,
Der einst im Walde hilfreich ihr genaht.
Auch haben die Wladiken ausgesagt,
Daß du es warst, der Kleinod gegen Kette
Mit schlauer List umwechselnd ausgetauscht.
Primislaus.
Wenn ihr es wißt, warum nur fragt ihr noch?
Wlasta. Vielleicht fühlt sich der Fürstin Stolz beleidigt,
Daß du mit einem Recht auf ihren Dank,
Aufgibst dein Recht, und ihren Dank verschmähst.
Primislaus.
Stolz gegen Stolz, wenn's wirklich also wäre.
Wlasta. Allein der Stolz des Pflügers und der Fürstin!
Zudem ist jenes Kleinod hoch ihr wert,
Als ihres Vaters deutungsvolle Gabe.
Durch Zufall nur geriet's in deine Hand
Und blieb ein Eigen meiner hohen Herrin.
Drum gib was eines andern, nicht das deine.
Primislaus. Ich gab es schon.
Wlasta. Wann aber, wo und wie?
Primislaus. Ich sagt' es auch, ob etwas rätselhaft,
Schon als ich kam, doch ihr verstandet's nicht.
Wlasta. Hier aber will man Rätsel nicht, Gehorsam.
Primislaus.
Auch weiß ich, daß den werbenden Wladiken
Sie auferlegt, ihr ganz und ungeteilt

Das Kleinod auszuliefern, das sie hochhält.
Vielleicht, wär' erst die eine Hälfte da,
Fügt' ich die zweite bei, besäß' ich sie.
W l a s t a. Erfüllst du deinen Teil, tatst du genug.
P r i m i s l a u s.
Ich bin hier in dem Wunderschloß der Weiber,
Und alle weibliche Vollkommenheit
Hat man mir vorgeführt mit etwas Prangen;
Nur mit den Fehlern, scheint mir, des Geschlechts
Hielt man zurück, bedächtlicher als billig.
Da ist nun Neugier, die man Schuld euch gibt.
Wie wär' es, holde Wlasta, wenn nur Neugier
Dir diese Fragen in den Mund gelegt?
Sprichst du zu mir im Auftrag deiner Frau?
W l a s t a. In ihrem Auftrag nicht.
P r i m i s l a u s. Nun also denn!
Das Recht auf Antwort nur gibt Recht zur Frage.
W l a s t a. Doch weiß wovon ich spreche meine Frau.
P r i m i s l a u s. Das soll ich glauben eben weil du's sagst?
W l a s t a. Als Zeichen denn, daß nicht die Neugier bloß,
Daß mich ein höhrer Wink dazu berechtigt,
Sieh hier das Kleinod, dessen *eine* Hälfte
Du vorenthältst, und das man ganz begehrt.
(Das Mittelkleinod des Gürtels aus dem Busen ziehend.)
P r i m i s l a u s.
Das schöne Bild! Die glänzend reichen Steine!
Derlei sah ich in meinem Leben nicht.
W l a s t a. Verstell dich nicht, es war in deiner Hand.
P r i m i s l a u s.
Wie käme derlei in die Hand des Pflügers?
O gib es mir, o laß es mich betrachten!
W l a s t a. Halt ab die Hand!
(Das Kleinod auf den Tisch ihr zur Seite hinlegend.)
Hier leg ich es denn hin.
Du aber nun erfülle was dir Pflicht.
Die Fürstin will nicht länger, kann's nicht dulden,
Daß was ihr wert und teuer, heilig selbst,
In niedrer Hand, als offenkundig Zeugnis
Von einer halb vertraulichen Begegnung,
Zum Anspruch stempelnd was ein Zufall war.
Du sollst, du mußt, die Fürstin will es so.

(Dobromila kommt, hinter ihr Libussa, eine Fackel tragend, vom Kopf bis zu den Füßen mit einem dichten Schleier bedeckt.)

Dobromila.
Wollt ihr nicht Licht? Der Abend dämmert schon.
Ich laß euch hier der Dienrin helle Fackel.
Du aber Wlasta fördre dein Geschäft.

(Sie geht. Libussa bleibt, die Fackel emporhaltend, im Mittelgrunde gegen die linke Seite.)

Wlasta *(da sie Libussa erblickt, vor sich hin).*
Sie ist es selbst!

Primislaus. Scheint Wlasta doch beklommen!
Wär' sie's? O still mein ahnungsvolles Herz!

Wlasta *(zu Primislaus).*
Was not tut ward gesagt. Gehorche nun!

Primislaus.
Ihr setzt so schnell voraus, was erst bewiesen,
Ein Unrecht bildete das auch ein Recht.
Nimm an: ich war es selbst, der einst bei Nacht
Begegnet eurer Fürstin tief im Walde,
Nimm an: daß aller Unterscheidung bar,
Sie mir erschien als Königin der Weiber,
Nicht als das Weib das selber Königin.
Der Glieder holder Reiz, der Stirne Thron,
Das Aug' das herrscht, die Lippen die befehlen,
Selbst wenn sie schweigen, ja im Schweigen mehr;
Sie riefen in die Seele mir ein Bild,
Das mich umschwebt seit meinen frühsten Tagen,
Und all mein Wesen es rief aus: sie ist's!
Ich wußte nichts von ihrem Rang und Stand
Und nichts verbot zu hoffen und zu werben.
Sie schied, es kam der Tag. Des Kleinods Pracht,
Das in der Hand statt ihrer mir geblieben,
Bezeichnete sie wohl als hoher Abkunft;
Doch ist auch Primislav nicht niedern Stamms,
Ein Enkelsohn von Helden, ob nur Pflüger.
Erst als die Sage von Libussas Unfall
Das Land durchzog, da war es plötzlich hell,
Und ich nur noch ein hoffnungsloser Tor.
Doch aus den Trümmern meines äußern Glücks
Erbaute sich im Innern mir ein neues.

Wie Trauerfaltern kreisen um das Licht,
Umflogen meine Wünsche nun das Kleinod,
Was früher Zeichen, ward jetzt Gegenstand.
Ich trug's mit mir auf meiner warmen Brust,
Ich drückt' es an das Herz, an meinen Mund,
Das Eigentum verwechselnd mit dem Eigner –

Heiß deine Freundin still die Fackel tragen,
Wir sind im Dunkeln wenn verlöscht das Licht.

Wlasta. Laß die Erzählung denn und komm zur Sache!

Primislaus.
Ein Traum ist ja Erzählung und sonst nichts.
Zerstört war nun, für immer schien's, mein Hoffen.
Da taucht's auf einmal wieder blinkend auf.
Zu meiner Hütte kamen die Wladiken
Geführt von meinem Gaul, der führerlos,
Den Weg gefunden zu der frühern Heimat.
Da sprach es still in mir: Sie denkt noch dein,
Entschwunden ist ihr ganz nicht die Erinnrung
An jene Nacht, die holde Wunderzeit.
Nicht daß ich glaubte, meine Niedrigkeit
Erhöbe je mich zu der Hoheit Höhe
Nicht daß ich glaubte, die Bedingung,
Die sie gesetzt den werbenden Wladiken,
Sie würde je zum Anspruch für mich selbst;
Allein den Schatten eines flücht'gen Eindrucks,
Den müßigen Gedanken: wenn's nicht so,
Wenn's anders wäre in der Welt der Dinge,
Wenn dieser Umstand fort und jener da,
Wenn niedrig wäre hoch und wenig viel,
Dann möcht' es sein, dann könnt' es wohl geschehn!
So viel, ein Nichts, ein schwebendes Atom,
Dacht' ich mir wach in eurer Fürstin Seele.

Die Freundin dort wird ungeduldig, scheint's.
Wir müssen eilen, denn sie will von dannen.

Mit solcher Hoffnung kam ich schwindelnd her,
Das Herz trat mir in Ohr und Aug' und Lippe,
Doch kalter Spott und rücksichtsloser Hohn
Kam mir entgegen auf des Hauses Schwelle.

Wlasta.
Du dachtest dir das Weib und fandst die Fürstin.
Primislaus. Es ist die Herrschaft ein gewaltig Ding,
Der Mann geht auf in ihr mit seinem Wesen,
Allein das Weib, es ist so hold gefügt,
Daß jede Zutat mindert ihren Wert.
Und wie die Schönheit, noch so reich geschmückt,
Mit Purpur angetan und fremder Seide
Durch jede Hülle die du ihr entziehst,
Nur schöner wird und wirklicher sie selbst,
Bis in dem letzten Weiß der Traulichkeit,
Erbebend im Bewußtsein eigner Schätze,
Sie feiert ihren siegendsten Triumph.
So ist das Weib, der Schönheit holde Tochter,
Das Mittelding von Macht und Schutzbedürfnis,
Das Höchste was sie sein kann nur als Weib,
In ihrer Schwäche siegender Gewalt.
Was sie nicht fordert das wird ihr gegeben
Und was sie gibt ist himmlisches Geschenk,
Denn auch der Himmel fordert nur durch Geben.
Doch mengt der Stolz sich in die holde Mischung,
Ein scharfer Tropfen in die reine Milch,
Dann lösen sich die Teile; stark und schwach
Und süß und bitter treten auseinander,
Der Schätzung unterwerfend und Vergleichung
Was unschätzbar und unvergleichlich ist.

Selbst Wlasta du, als du noch Waffen bogst,
Mit rauher Stimme fordertest zum Kampf
Warst du nicht du, zum wenigsten kein Weib;
Doch seit die Freundin dort ins Zimmer trat,
Hat holde Scheu bemeistert all dein Wesen,
Die Hand, die ich erfasse, zittert fast;
Du bist nicht stolz, wie jene Freundin scheint,
Die mit unwill'gem Fuße tritt den Boden;
So bist du schön, dein Auge, nicht mehr starr,
Es haftet milden Glanzes an dem Boden
Die Wange färbt ein mädchenhaft Erröten.

O weh! dein Haar ging los aus seinen Banden,
Als strebt' es, schamhaft selber, zu verhüllen

Den holden Wandel aus dem frühern Trotz.
Ich streich es dir zurück. Nun wieder rein,
Erkenn ich dich im Spiegel deiner Seele,
Und wäre nicht mein Herz auf andern Pfaden,
Ich sagte: Wlasta, kannst du fühlen weich?
Begreifst du daß ein Innres schmelzen muß
Um eins zu sein mit einem andern Innern?
Hoffst du, entfernt von diesem stolzen Schloß,
Zu finden wieder Demut, Milde, Schwäche?
Ist eine Hütte dir ein Königsbau,
Bewohnen Herrscher sie im eignen Hause?
Sag ja, sag ja! und stelle dich mir höher
Als deine Fürstin steht, trotz Glanz und Pracht.
(Sich niederbeugend um ihr in die Augen zu sehen. – Libussa hat einige Schritte nach vorn gemacht, wie um zu sprechen, jetzt wirft sie die Fackel weg und geht.)
Die Fackel fiel. Laß mich!

Wlasta *(die die Fackel aufgehoben hat).*
Die Fürstin zürnt.

Primislaus.
Wie weiß die Fürstin was wir hier beginnen?
Du schuldest Antwort mir auf meine Frage.
Ich laß dich nicht, du mußt mir Rede stehn!
Ich lösche dir die Fackel, dann im stillen
Vertraust du das Geheimnis meinem Ohr.
(Indem er wiederholt nach der Fackel greift und dadurch die Widerstrebende nach rückwärts drängt.)

Wlasta. Verwegener und Spötter auch, zurück!
Ich fühle mich gelähmt zum Widerstand,
Denn Übermut und Dreistigkeit vernichtet.
(Er hat ihr die Fackel entrissen und am Boden ausgelöscht.)
Wir sind im Dunkeln.

Von außen. Wlasta!

Wlasta. Sieh mich hier!
(Durch die Türe ab.)

Primislaus *(das auf dem Tische liegende Kleinod ergreifend und in den Busen steckend).*
Ich hab's, ich hab's! Wohl mir, die List gelang!
Dort seh ich einen Ausgang. Fort ins Freie!
(Indem er einer im Hintergrunde befindlichen Türe zueilt,

erscheint Libussa mit zurückgeschlagenem Schleier in der Türe links und winkt mit gehobenem Arme. Eine Falltüre im Boden bewegt sich.)

Der Boden weicht, ich sinke!
(Nach vorn gewendet.) Ha, Libussa!
(Er versinkt.)

(Libussa zieht sich durch die Türe zurück.)

VERWANDLUNG

Der Thronsaal wie im dritten Aufzuge, im Mittelgrunde durch einen Vorhang abgeschlossen. Es ist dunkel.

Primislaus' Stimme *(hinter dem Vorhange).*
Beschützen mich die Götter! Fort die Hände!
(Er kommt hinter dem Vorhange hervor, gefolgt von mehreren schwarz gerüsteten Männern.)

Primislaus.
Laßt ab! – Der Boden schwankt, die Sinne schwindeln.
Aus steiler Höhe rasch herabgeglitten,
Schlägt noch die Erde Wellen unter mir
Und die Bewegung setzt sich fort ins Innre.
Ich könnte sagen, tun, was fremd mir selbst.

Nun ist es wieder gut. Nun kommt nur an!
Was wollt ihr und was fordert man von mir?

Ihr schweigt? Sind eure blanken Schwerter Worte?
Und heischt mein Leben eure milde Frau?
O Güte, Güte, himmelsgleiche Güte
Wie preist dich hochentzückt ein ganzes Land!
Ich aber nenn es Willkür, Weiberlaune,
Die nur geleitet durch ein blind Gefühl
Hier ausgießt ihres Füllhorns Überfluß
Weil der Empfänger nah, weil er genehm,
Weil ihm ein dunkles Etwas Gunst verleiht,
Dort wieder nimmt, weil doch parteiisch Geben
Ein Geben und ein Nehmen ist zugleich.
Es ist die Welt kein traumgeschaffner Garten

Wo Duft und Farbenglanz den Platz bestimmt,
Die Rose Königin und Raute, Lattich
Das Unkraut, das man austilgt mit dem Fuß.
Ein Ungefähr verlieh mir Wert und Huld,
Doch beides nimmt ein launisch Zürnen wieder.
Und wenn Freigebigkeit aus Himmelshöhn
Hernieder stiege zu der armen Erde,
Sie müßte stehen menschlichem Ermessen
Und Antwort geben, wenn gefragt: warum?
Ich will gewogen sein mit gleicher Waage,
Wie hoch mein Anspruch und wie tief mein Fehl.
Der Willkür fügt kein Freier sich, kein Mann.

Ich sehe Ketten dort in euern Händen –
Hier sind die meinen, legt mir Fesseln an!
In Turmesnacht, von Lebenden geschieden
Will ich das Loblied singen eurer Frau,
Mich selber richten, daß ich ihr vertraut.

Dir scheinen Ketten zu gelinde Strafe,
Ich seh's, du zückst das Schwert auf meine Brust.
Wohl weiß ich was ihr wollt, was ihr begehrt;
Ich aber sagte: nein, und sag es noch.
War's auch ein Spiel nur, ein verwegner Scherz,
Den Übermut zu bändigen durch List,
Den Anspruch mir zu wahren, der mein Recht,
Auf eurer Fürstin Dank und Anerkennung.
Hab ich's verweigert, so verweigr' ich's noch,
Mein Leben setz ich ein für meinen Willen.
Stoß, Mörder, zu! ich bin in eurer Macht,
Der Götter Schutz vertrau ich meine Seele.
(Er sinkt auf ein Knie und verhüllt die Augen mit der Hand. – Libussa ist von der linken Seite eingetreten. Auf ihren Wink haben sich die Gewaffneten hinter den Vorhang zurückgezogen. Sie klatscht in die Hände und von den Seitenwänden schieben sich Armleuchter mit brennenden Kerzen vor. Es ist licht. – Primislaus emporblickend.)
War das das Zeichen blutigen Vollzugs?

Du selber bist's? So traf mich schon der Stoß
Und wall ich jenseits in den sel'gen Fluren,

Wo uns der Wunsch erfüllt entgegenkommt?
Wo dieser Erde Druck und bittres Leiden
Als Kranz sich windet um der Sel'gen Haupt?
Du bist es nicht, du bist dein eigner Schatten,
Sei mir, dem gleichen Schatten, denn gegrüßt.

Libussa. Du lebst, doch leb auch ich. Ich bin Libussa
Und rühme mich Gerechten als gerecht.
Du hast mich schwer beschuldigt und ich komme
Dir Rede stehen, zu verteid'gen mich.

Primislaus.
Verteid'gen dich? Bist du denn nicht die Hohe,
Die Himmlische, den hohen Göttern ähnlich?
So wie die Sonne, wenn sie Wolken zog
Und Blitz auf Blitz den Horizont durchschneidet,
In Finsternis sich hüllt die bange Welt;
Kaum daß durch eine Spalte des Gewölks
Sie vortritt in der ewig gleichen Schöne,
Das All die holde Dienstbarkeit erkennt,
Vergessen fast im Segen der Gewohnheit –
Bist du am offenbarsten wenn verhüllt
Und trägst die Krone wenn du sie verleugnest.

Libussa.
Nun sprichst du so, nachdem du lang verweigert.

Primislaus.
Dem kränkenden Befehl.

Libussa. Nun denn: ich bitte.

Primislaus.
Hört ihr's ihr Mauern? Hörst du's laue Luft,
Die Wärme nimmt von ihrer Glieder Wärme?
Wir waren, o verzeih, setz ich dich gleich,
Wir waren wie die Kinder wenn sie schmollen,
Wegweisend was der Wunsch zumeist begehrt.

Nun fort auch jeder Anspruch, jedes Recht,
All was nicht Demut ist und Unterwerfung.
Womit ich binden wollte deine Huld,
Nimm es zugleich mit dem Gebundnen hin.
(Er hat das Kleinod aus der Brust gezogen und bietet es dar.)
O wären diese Hände Purpurkissen,
Um würdig dir zu bieten was das Deine.

Libussa. Die Hälfte deines Anspruchs wahrst du doch.
Es fehlt ein Teil, der voll erst macht das Ganze.
Ich muß dich klug, muß dich verständig nennen,
Doch minder edel deucht mich was du tatst.
Sprich, ist es zart, wie's gegen Frauen ziemt,
Vorzuenthalten was ihr Wunsch begehrt,
Und sich durch List zu sichern was nur Gunst,
Nicht Recht noch Schlauheit eignet zum Besitz?
Primislaus.
Ich gab es ja, gab's schon bei meinem Eintritt.

Wir sind am selben Ort der mich empfing.
Hier stehn die Blumen, meiner Armut Gabe,
Die man als wertlos nicht vom Ort verrückt.
So kommt denn ihr, gebt Zeugnis meinen Worten!
(Er hat den Korb aufgenommen.)
Den Sinnspruch hast du dennoch nicht erraten!
Unter Blumen liegt das Rätsel
Und die Lösung unter Früchten.
(Er stürzt den Korb zu ihren Füßen auf den Boden. Die Kette liegt obenauf.)
Wer in Ketten legte, hat sie,
(zurücktretend)
Der sie trägt, ist ohne Kette.
Und nun erlaube, daß gleich einer Magd
Ich wieder füge was der Zufall trennte.
(Er setzt sich auf die unterste Stufe des Thrones, indem er die Kette trennend, das Mittelkleinod einfügt.)
Wer mir die Kette teilt,
Allein sie teilt mit keinem dieser Erde,
Vielmehr sie teilt, auf daß sie ganz erst werde;
(mit erhobener Stimme)
Hinzufügt was, indem man es verlor,
Das Kleinod teurer machte denn zuvor.
O wüßtest du was mir bei diesem Wort
Für Hoffnungen durch meine Seele stürmten!
Ich war ein Tor! – Dein Auftrag nun erfüllt,
Leg ich mein Werk zu deinen Füßen nieder
Und kann nun scheiden ohne Schuld und Fehl.
(Er legt das Geschmeide auf die Blumen am Boden.)

Libussa. Noch einmal nenn ich klug dich und auch edel.
Bleib hier! Es will das Volk bestimmte Sprüche.
Was mir der Geist, in Ahnungen verhüllt
Und in Erinnrung an des Vaters Weisheit
Mit unbewiesner Sicherheit verkündet,
Sie wollen's prüfen, wollen es begreifen
Und ihres eignen Richters Richter sein.
Sei du der Übertrager meiner Worte,
Kleid ihnen ein wie's ihrer Fassung ziemt,
Was ich errate mehr, als faßlich denke,
Und erst als heilsam sich als wahr bewährt.
Primislaus.
Du bist umworben von des Landes Höchsten,
Bald steht ein Gatte, Fürstin, neben dir.
Mein Leben und mein Blut sind dir erbötig;
Doch dien ich keinem Mann.
Libussa. So glaubst du wirklich,
Die Toren träfe jemals meine Wahl?
Primislaus.
Doch wenn das Land nun unterstützt die Werbung?
Libussa. So wirb auch du, ob hoffnungslos wie sie.
Primislaus.
Sie sind, noch einmal, dieses Landes Beste.
Ich bin der Letzten einer, ohne Schutz.
Libussa. Du bist so machtlos nicht als du wohl glaubst.
Weißt du? – Und eben deshalb kam ich her,
Trotz jenes Scherzes, erst im Turm, mit Wlasta.
Ich weiß es war nur Scherz, doch war er frech
Und er verdiente wohl ein längres Zürnen.
Doch kam ich her ob wirklicher Gefahr.
Weißt du? Das Volk steht draußen vor den Toren,
Sie glauben dich in Haft, bedroht dein Leben
Und fordern dich zurück mit Wut und Trotz.
Primislaus.
Ist hier kein Schwert? Wo sind die Waffenmänner,
Die kurz vorher sich feindlich mir genaht?
Ich will hinaus! ich will den Aufruhr lehren,
Daß rohe Macht nur Macht ist im Gehorsam
Und Niedres sich vor Höherm willig beugt.
Libussa. Da wäre ja der Schützer den ich brauche!
Du bist ein Mann, dir folgen sie wohl willig,

Sehn sie in dir das Bild doch des Geschlechts.
Hartnäckigkeit hat dich als Mann bewiesen.
Primislaus. Wenn du Beharrlichkeit statt dessen sagst,
Hast du genannt vielleicht den einz'gen Vorzug
In dem die Frau nachsteht dem festen Mann.
Libussa.
Weshalb euch denn die Herrschaft auch gebührt?
Doch wär' ich nun beharrlich so wie du,
Und legte von mir dieses Landes Krone,
Und ließe die Beharrlichen beharren
In ihres Trotzes ungezähmter Gier?
Primislaus. O tu's, Libussa, tu's! Sei wieder jene
Als die du mir im Walde dort erschienst;
Der Rasenplatz dein Reich, und deine Krone
Du selbst, mit dir als Edelstein geschmückt.
Hüll wieder dich in meiner Schwester Kleider,
Dieselben die ich oft ans Herz gedrückt,
Als freilich eines andern Körpers Hülle,
Der minder schön, doch nahe mir wie du.
Siehst du? wie hart ihr seid und karg und selbstisch?
Ich gab dir alles was mein Eigentum,
Mein treues Roß, der Schwester heil'ges Erbe
(Das Geschmeide mit dem Fuße berührend.)
Und ihr, ihr marktet um den blanken Tand,
Der kaum ein Tausendteil von deinen Schätzen.
Libussa. Es ist des Vaters teures Angedenken.
Primislaus. Ich hasse deine Eltern, deine Schwestern,
Die Wurzel und den Stamm – bis auf die Blüte.
Libussa.
Wohl gar auch mich?
Primislaus. Auch dich, sagt' ich beinah.
Weil ohne Worte du versprichst, und sprechend
Der Sprache deiner Anmut *wider*sprichst.

Und dennoch warst du mein, in meiner Macht,
Als Zeuge nur die Luft und jene Bäume.
Die Tat war ehrfurchtsvoll, doch die Gedanken
Sie haben räuberisch an dir gesündigt.
Als ich aufs Pferd dich hob, bei jedem Straucheln
Dir Hilfe bot, da fühlt' ich deine Nähe.
Den unberührten Leib hab ich berührt,

Ich weiß wie warm die Pulse deines Lebens,
Und wer dich freit, wer dich von dannen führt,
Ich werd' ihm sagen: du bist nur der Zweite,
Den Vorschmack deines Glücks hab ich gefühlt.

Libussa. Ich werde zürnen wenn du achtlos sprichst.

Primislaus.
Du zürnst ja schon und hast gezürnt, und Strenge
Ist all dein Wesen, bis auf jenen Tag.
Da warst du mild und lebst mir so im Herzen.

Als nun der Augenblick der Trennung kam,
Da sprach ich bang zu dir: Neig mir dein Haupt!
Und hing um deinen edlen Hals die Kette –
Von der ich mir den besten Teil geraubt,
Das Kleinod das der Jungfrau Schmuck und Zier,
Das Sinnbild erster, ahnender Begegnung.
Jetzt ist es keine Kette mehr, die bindet,
Ein Gürtel, den nur Weiberhand berührt
Und anlegt um der Herrin schlanke Hüften.
Bis jener kommt, der bindet ihn und löst
Und dem ich weiche, wie einst aus dem Leben.

Libussa.
Bleib hier! Ob stolz, sollst du mir dienstbar sein.
Leg an den Gürtel, hier an seinem Platz,
Und weh dem, der ihn noch nach dir berührt!
(Mit erhobener Stimme.)
Ihr aber, die gewärtig meines Winks,
Herbei! Und seht was ihr begehrt erfüllt.

(Mägde, Wladiken und Landleute treten ein. – Libussa zu den Dienerinnen.)

Ihr aber helft ihm, er ist ungeschickt.

Primislaus. Ich zittre ja.

Libussa. Nun denn zum letztenmal.
(Die Dienerinnen legen ihr den Gürtel vollends an.)
Ihr andern, die besorgt um euern Freund,
Er ist hier sicher. Er ist mein Gemahl.
Dient ihm wie mir, wenn nicht noch mehr als mir,
Denn ich ich dien ihm selbst als meinem Herrn.
Ich neige mich, folgt eurer Fürstin Beispiel.

(Indem sie Primislaus' Hand ergreift und halb das Knie beugt, das Volk aber kniet, fällt der Vorhang.)

FÜNFTER AUFZUG

Ländliches Gemach von querliegenden Baumstämmen gefügt. Im Hintergrunde zwei Mägde Libussas, die ein breites Tuch ausgespannt vor sich hinhalten, indes eine andre am Boden kniend mit einem Griffel eine bezweckte Form daran abzumessen scheint. Im Vorgrunde rechts ein Stuhl mit einem darangelehnten Spinnrocken. Dobromila, als eben von der Arbeit aufgestanden, steht daneben und sieht den im Hintergrunde Beschäftigten zu. Zu beiden Seiten Türen.

Wlasta *(zur Türe links eintretend).*
Ist eure Fürstin wach?
Dobromila. Ah, Wlasta, du?
Wlasta. Und ist sie hergestellt von ihrem Siechtum?
Dobromila. Der Anlaß war so schön, und der Erfolg
Beglückt so überhoch, daß etwas Schwäche,
Schon als Erinnrung selber ein Genuß.
Wlasta. Ihr habt euch hier recht ländlich eingerichtet.
Dobromila.
Der Fürst durchzieht das Land, und seine Gattin
Folgt ihm auf jedem Schritt, so daß zur Zeit
Hier diese Hütte unser Königsschloß.
Wlasta. Und seid beschäftigt auch. O Dobromila!
Du legtest kaum die Spindel aus der Hand.
Ihr seid herabgekommen gute Mädchen!
Dobromila. Wir sind vergnügt.
Wlasta. Ich aber bin es nicht.
Mir widert der Befehl aus niederm Mund.
Drum ging ich zu den Schwestern deiner Frau
Auf Wischehrad. Zwar wohnt dort Langeweile,
Doch dient man gern wenn Hoheit heischt den Dienst.
Kann ich Libussa sprechen?
Dobromila. Schau, sie selbst!
(Libussa kommt aus der Seitentüre rechts.)
Libussa. Ah, Wlasta, du bei uns! Was führt dich her?
Wlasta. Libussa, hohe Frau!
Libussa. Dein Aug' ist feucht
Was nur erpreßt der Starken diese Tränen?

W l a s t a *(zeigt mit Gebärde auf die umgebenden Gegenstände).*
L i b u s s a. Ja so, du weinst um uns? Wir sind dir dankbar,
Man sagt kein irdisch Glück sei ungetrübt.
Nimmst du die Trübsal nun, statt uns, auf dich,
So freun wir uns um desto ungetrübter.
W l a s t a. Der Abstand martert mich von einst auf jetzt.
L i b u s s a. Ist dieser Abstand doch des Menschen Leben!
Von Kind zu Jungfrau, bis zuletzt das: jung,
Erst nur ein Wort, sich ablöst von der Frau:
Der einz'ge Name treu uns bis zum Tode.
W l a s t a. Du weichst mir aus; ein Zeichen daß du's fühlst.
Mein Jammer ist, daß ich die Hohe, Hehre
Muß unterwürfig sehn dem Sohn des Staubs.
L i b u s s a. Du sprichst von Primislaus? O gutes Mädchen,
Wär' irgend Schmerz in meinem vollen Glück,
So wär' es, daß mein Gatte jeden Strahl
Der Hoheit rücklenkt auf mein eignes Haupt;
Daß wie ein Träger anvertrauter Macht,
Wie ein Verweser nur von fremdem Gut,
Er nie sich fühlt als Herr und als berechtigt.
W l a s t a.
Doch scheint mir was geschieht ist meist sein Wille.
L i b u s s a. Es ist so, ja. Doch weißt du auch warum?
Er hat fast immer recht. Wir haben, Mädchen,
Die Macht geübt zu eigenem Genuß.
Wir pflückten ab die Blumen alles Guten,
Er geht vom Stamm herab bis zu der Wurzel,
Und schon des Samenkornes hat er acht.
Wir fühlten in dem fremden Glück das eigne,
Er liebt im fremden fast das fremde nur,
Das Edle selbst, das wohltut höherm Sinn,
Weist er zurück und duldet das Gemeine
Wenn allgemein der Nutzen und die Frucht.
Drum wo uns Widersetzlichkeit gedroht,
Dort findet er Gehorsam. Jeder hilft
Teilnehmend am Vollbringen, am Vollbrachten.
Es ist so schön für andere zu leben!
Lebt er für sie, warum nicht ich für ihn?
W l a s t a. Doch deine Schwestern sind nicht gleichen Sinns,
Sie fühlen noch die angestammte Hoheit

Und es belästigt sie die neue Zeit.
Im Walde, wo ihr Schloß, ertönt die Axt,
Der tausendjähr'gen Eichen Stämme fallen
Zu niedrigem Gebrauch. Der Felsen Innres
Durchwühlt der Eigennutz und sprengt die Fugen,
Dem Licht verschlossen seit dem Schöpfungstag,
Um Steine sich zu brechen fürs Gehöft,
Für seiner Herde schmutzige Umfriedung.
Sie aber, deine Schwestern, wollen einsam
Und ungestört vom lauten Pöbelschwarm
Dem geist'gen Anschaun leben, der Betrachtung.

Libussa. Ich sag es meinem Gatten, kehrt er wieder,
Wenn irgend möglich, stellt er's hilfreich ab.

Wlasta.
Wenn möglich nur? Was wär' der Macht unmöglich?

Libussa. Das Unvernünft'ge, Kind, und was nicht billig.

Wlasta. Bezweifelst du ihr Recht und ihre Hoheit?

Libussa. Ich zweifle nicht und liebe nicht zu zweifeln.
All was sich selbst gemacht im Lauf der Dinge
Dünkt als natürlich mir zugleich im Recht.
Mein Gatte aber prüft und untersucht
Und jeder Anspruch muß ihm Rede stehn
Als allen nützlich in der Hand des einen.
Allein mich deucht er selber kehrt zurück;
Vereinen wir denn beide unsre Bitten.

(Primislaus kommt.)

Primislaus. Libussa, hohe Frau!

Libussa. Nimm als Entgegnung:
Mein hoher Gatte; somit Herr der Frau.

Primislaus. Wir haben uns geplagt den langen Morgen,
Der Tag ist heiß, fast fühl ich mich ermüdet.

Libussa. So sitz!

Primislaus. Hier ist kein zweiter Stuhl für dich.

Libussa. Wohlan denn: so befehl ich dir zu sitzen,
Und du befiehl, daß ich hier steh bei dir.
Nimm dieses Tuch, ich trockne dir den Schweiß.

Primislaus *(der sich gesetzt hat und die Stirne trocknet).*
Wir waren früh am Werk und gingen rastlos,
Ich und die Ältesten, rings durch die Gegend.
Und sahen uns den Ort und seine Lage.

Weißt du denn auch? wir bauen eine Stadt.
Wenn du's genehmigst nämlich und es billigst.
Libussa. Sag mir vorerst: was nennt ihr eine Stadt?
Primislaus. Wir schließen einen Ort mit Mauern ein
Und sammeln die Bewohner rings der Gegend,
Daß hilfreich sie und wechselseitig fördernd
Wie Glieder wirken eines einz'gen Leibs.
Libussa. Und fürchtest du denn nicht, daß deine Mauern,
Den Menschen trennend vom lebend'gen Anhauch
Der sprossenden Natur, ihn minder fühlend
Und minder einig machen mit dem Geist des All?
Primislaus. Gemeinschaft mit den wandellosen Dingen
Sie ladet ein zum Fühlen und Genießen,
Man geht nicht rückwärts lebt man mit dem All;
Doch vorwärts schreiten, denken, schaffen, wirken
Gewinnt nach innen Raum, wenn eng der äußre.
Libussa.
Doch sind die Menschen strenggeschiedne Wesen,
Ein jeder ist ein andrer und er selbst;
Die enge Nähe, störende Gemeinschaft
Schleift ab das Siegel jeder eignen Geltung,
Statt Menschen hast du viele die sich gleich.
Primislaus. Was jeder abgibt geben auch die andern
Und so empfängt der eine tausendfach.
Es ist der Staat die Ehe zwischen Bürgern,
Der Gatte opfert gern den eignen Willen,
Was ihn beschränkt ist ja ein zweites Selbst.
Libussa *(die Hand auf seine Schulter legend)*.
Wohl, ich verstehe das mein Primislaus,
Und also bau nur immer deine Stadt.
Allein warum denn hier, an dieser Stelle,
Wo manchen sie belästigt und beirrt?
Primislaus *(aufstehend)*.
Siehst du, die Moldau, dieses Landes Ader,
Die blutverbreitend durch den Körper strömt,
Hier hat versammelt sie all ihre Quellen
Und breitet sich in weiten Ufern aus.
Noch weiter unten fließt sie in die Alb,
Mit der vereint sie durch die Berge bricht,
Die scheiden unser Land vom deutschen Land
Und strömt mit ihr, so sagt man, bis ins Meer.

Steht unsre Stadt nun hier, so baun wir Schiffe
Und laden auf des Landes Überfluß
An Frucht, an Korn, an Silber und an Gold.
Libussa. So achtest du das Gold?
Primislaus. Ich nicht, doch andre,
Und andern eben bieten wir es dar.
So schafft uns Tausch was hier noch etwa fehlt.
Libussa. Genügsamkeit ist doch ein großes Gut!
Primislaus. Befriedigt ist das Tier nur und der Weise,
Den Menschen, die gleich mir und gleich den meisten
Ward das Bedürfnis als ein Reiz und Stachel
Von ew'gen Mächten in die Brust gelegt,
Bedürfnis das sich sehnt nach der Befried'gung
Und dort auch noch zu neuen Wünschen keimt.
Hat auch das Land was ihm zur Not genug;
An unsern Grenzen wohnen andre Völker,
Die streben vor und mehren ihre Macht.
Das Viel und Wenig liegt in der Vergleichung
Und in der Truhe mindert sich der Schatz.
Wer Hundert hat und sich damit begnügt,
Er hat's nicht mehr, zählt jeder Nachbar Tausend.

Nebstdem ist dieses Werk nicht mehr mein eignes.
Des Landes Älteste die mich begleitet
Als wir umschritten rings den weiten Raum,
Sie haben sich, einstimmend meinen Gründen,
Gesamt erklärt für diesen selben Ort.
Libussa. So hältst du sie für weiser denn als dich?
Primislaus. Ich weiß nicht. Etwa nein. Allein, Libussa,
Wenn wir das Ganze besser überschaun,
Verstehn die einzelnen was einzeln besser
Und ihren Rat nicht acht ich ihn gering.
Dann, glaubst du nicht, daß wenn sie eingewilligt,
Mit Doppelkraft sie an die Arbeit gehn?
Nicht nur den eignen Nutzen liebt der Mensch,
Die eigne Meinung hat ihm gleichen Wert,
Er hilft dir gern, sieht er im Werk das seine.

Ja selbst der Himmel, scheint's, stimmt mit uns ein.
Wir gingen lang, ich und die Ältesten,
Die zögernd folgten, Zweifel in den Blicken,

Ihr ganzes Wesen ein vernehmlich: Nein,
Da schallt mit eins der Wald von Axtesschlägen
Und einen Mann gewahren wir, der rüstig
Sich einen Eichbaum fällt mit voller Kraft.
Wir fragen ihn wozu das Werkstück solle?
Da sagt er: Prah! was in des Volkes Munde
So viel als Schwelle heißt, des Hauses Eingang.
Daß uns nun beim Beginn des neuen Werks
Die Schwelle gottgesandt entgegenkomme,
Das fiel die Männer, wie von oben, an.
Hier soll sie stehn, so riefen sie, die Stadt,
Und Praga soll sie heißen, als die Schwelle,
Der Eingang zu des Landes Glück und Ruhm.

Libussa. Die Schwelle, das ist gut.

Primislaus. Nicht wahr, Libussa?
Ich seh es glühen hoch in deinem Auge,
Wir stehn auf deines Geistes Machtgebiet.
Man schelte mir die Vorbedeutung nicht!
Wenn irgendein Gedanke, tatenschwanger
Und einer Zukunft wert, entsteht im Menschen,
Dann sammeln sich nicht nur die eignen Kräfte,
Daß Geist und Leib vereint im selben Punkt,
Auch die Natur, die roh gedankenlose,
Sie fühlt den Anhauch eines geist'gen Wehns
Und eilt als Mittel sich dem Werk zu fügen,
Anteil zu nehmen an der edlen Tat.
Was weit entfernt und scheinbar widersprechend
Es nähert sich, gibt auf den Widerstand,
Das Unerklärte schimmert von Bedeutung,
Und eine Seele wird ihm der Gedanke,
Um den sich schart was feindlich sonst und starr.
Da mag denn auch, vorahnend was geschicht,
Wie einer schweigend nickt wenn man ihn frägt,
Die Körperwelt durch Bild und Vorbedeutung
Andeuten was erlaubt und ihr genehm.

Libussa.
Ich sehe dich bekehrt zu meiner Meinung.

Primislaus. Ich bin es, ja, und war es immerdar.
Schlecht ist der Ackersmann, der seine Frucht
Von Pflug und Karst, von seinem Mühn erwartet
Und Licht und Sonne, was von oben kommt,

Nicht als die Krone achtet seines Tuns.
Es wirkt der Mensch, der Himmel aber segnet.

Und also vorbereitet, wirst du uns
Versagen nicht die Huld um die wir flehn.
Libussa. Was ist es Primislaus was ihr begehrt?
Primislaus. Ich wünsche dieses Werk als Götterwille,
Als einen Wink von oben angesehn.
Wir haben einen Altar aufgerichtet
Und Opfer sollen weihen unsern Platz.
Wär's dir genehm, nach deinem höhern Wissen,
Der Feier vorzustehn in Priesterart?
Vielleicht, daß die Betrachtung ferner Zukunft
Ein Wort dir eingibt, das den Mut befeuert
Und des Gelingens Hoffnung uns belebt.
Libussa. Es schweigt der Geist seit lang in meiner Brust.
Ich bin nicht wie die Schwestern, deren Ausspruch
Aus strengbewiesnen, sichern Quellen rinnt;
Nur manchmal, wenn ich meines Vaters dachte
Und meiner edlen Mutter, die, ein Rätsel,
Wie höhern Ursprungs, unter uns geweilt,
Da kam mich an ein unerklärtes Schauen,
Ich fühlte: also muß es, werd' es sein,
Und siehe da! es war; ich weiß nicht wie.
Doch scheint's, nicht nur des Körpers rauhe Gaben,
Die edeln auch des Geistes brauchen Übung,
Sonst schlummern sie auf weichen Kissen ein.
Seitdem ich angewohnt, mich deiner Weisheit,
Mich deinem tiefen Sinne zu vertraun,
Entsteht kein Bild mir mehr in meinem Innern,
Des Schauens edle Gabe scheint verwirkt.
Primislaus. Die Götter geben nicht auf daß sie nehmen
Und was du warst das bleibst du ewiglich.
Libussa.
Auch bin ich schwach von meinem letzten Siechtum.
Müßt' ich mich zwingen, steigern mit Gewalt,
Der Leib ertrüg' es nicht, glaub, ich erläge.
Obwohl's mich lockte, noch einmal, zum letzten,
Hinanzuklimmen auf des Schauens Höhn,
In Bild zu kleiden – schwerer Ahnung Träume
Und zu verkörpern was noch wesenlos.

Doch glaub ich, Primislaus, mehr als die Seh'rin
Liebst du dein Weib. Ich will sie dir erhalten.

Primislaus.

Du lehnst es ab, braucht's da noch weitern Grund?
Und unsers Werkes Absicht auch mißfällt dir.
Du bist die Frau in diesem weiten Land
Und ich der erste deiner Untertanen.
(Zu einem Begleiter.)
Bestellt die Feier ab und sagt den Männern
Das Weitere erfahren sie demnächst.
(Der Angesprochene geht. – Primislaus zu Wlasta.)
Und nun zu dir!

(Libussa hat Dobromila einen Wink gegeben und entfernt sich während des folgenden, nur von dieser gefolgt, unbemerkt durch die Seitentüre rechts.)

Ich kenne deine Sendung.
Ich weiß, daß deine Frauen, nur sich selbst
Und ihres Ursprungs dunklen Quell betrachtend,
In unfruchtbares Sinnen tief versenkt,
Mit Feindesaugen all mein Tun betrachten.
Daß die Vermengung mit dem Menschenschicksal,
Daß alles was gemeinsam sie verletzt
Mich aber widert's an, als schlauer Hirte
Zu weiden einer Herde gleich das Volk,
Nur hoch, weil andre niedrig und beschränkt.
Belästigt sie die laute Menschenmenge,
Wir haben andre Schlösser noch im Land,
Dort mögen sie mit ihrer Jungfraun Schar
In unnahbarer Abgetrenntheit weilen,
Und das Gewohnte, weil es doch bequem,
Starr wie sie selbst, für ew'ge Zeit bewahren.
Wir wollen weiter, weiter in der Bahn,
Ich und mein Volk, als Bürger und als Menschen.

So sagt' ich dir, wenn nicht Libussa selber
Mit ihren Schwestern diesmal einig dächte.
Sie billigt's nicht, damit zerrinnt mein Vorsatz,
Und deine Frauen mögen ruhig hausen
Von mir und von der Wohlfahrt ungestört.

Wlasta.

Die Kunde wird die Schwestern hoch erfreun,

Zumal als Zeichen, daß Libussa frei
Und Herrin noch von ihrem Tun und Wollen.
Primislaus. Wer zweifelt dran? Ist nicht das Land,
Bin ich nicht selbst ihr dienend zu Gebot?
Wlasta. Sie liebt und fügt sich, nennst du das wohl frei?
Primislaus.
Wer frei sich fügt den nenn ich nicht gezwungen.
Wlasta. Wer seinem innern Wesen widerspricht
Der ist gezwungen, ob durch sich, durch andre.
Glaubst du, Libussa sei Libussa noch
Als Ordnerin des Hauses, als die Herrin
Von Mägden die die laute Spindel drehn?
Hat darum Krokus unser hoher Herr
Sich einer göttergleichen Frau vermählt,
Daß seine Töchter mit gemeiner Sorge,
Mit engem Treiben um ein Nichts bemüht?
Sie fühlt es nicht, allein ihr Wesen fühlt's.
Wo ist der Blitz des Augs, das adlergleich
Die Zukunft maß wie eine Gegenwart?
Wo ist die Kraft, die hebend ihre Brust,
Zu sich erhob was nah und was entfernt?
Sie sehnt sich nach den Schwestern, glaube mir,
Dort ist ihr Platz, hier ist nur ihre Stätte.
Primislaus.
Und doch flieht sie der Schwestern Gegenwart.
Wlasta.
Weil sie sich scheut vor ihren eignen Wünschen.
Schon einmal sandte sie mich auf ihr Schloß
Und bat um Rückkehr in den Kreis der Ihren.
Primislaus. War später das als unsrer Ehe Bund?
Wlasta. Es war vorher.
Primislaus. Du sprichst dir selbst die Antwort.
Umgeben ist sie hier mit aller Ehrfurcht,
Vor ihrem Willen beugt sich jedermann.
Selbst unsre Stadt, die wir schon Praga nannten,
Wir gaben sie mit schwerem Herzen auf,
Weil ihr die Absicht nicht, das Werk, gefiel.
Sie ist Gebieterin.
Wlasta. Hier *meine* Antwort.
(Libussa kommt schwarz gekleidet, von zwei Dienerinnen gefolgt, aus der Seitentüre.)

Primislaus. Libussa, du, in Trauerart gekleidet?
Wahrhaftig, du bist bleich.
Libussa. Wohl nur der Abstich
Der dunkeln Kleider, dir seit lang entwohnt.
So ging ich einst an meines Vaters Seite,
So ging die Mutter, gehen meine Schwestern,
Und soll ich sammeln mich wie sonst im Geist,
Muß ich mich auch umgeben so wie sonst.
Die Gabe, wenn sie frisch, braucht keine Hilfe,
Doch wird sie schwach, so ist ihr selbst das Äußre
Ein Notbehelf, ein Anker der sie hält.
Und nun laß uns hinaus nur zu den Männern.
Primislaus. Was willst du?
Libussa. Euren Platz, die Stätte weihn.
Primislaus. Wir haben's abbestellt und aufgegeben.
Libussa. Um meinetwillen soll kein Reifbedachtes
Und vielen Nützliches zugrunde gehn.
Die Sorge für das Volk ist meine Pflicht,
Da schweigen billig kindische Bedenken.
Primislaus. Ich duld es nimmermehr.
Libussa *(mit dem Fuße auftretend)*. Ich aber will es. –
Verzeih mein Primislaus! Der alte Geist
Er kam zurück mit diesen dunkeln Kleidern.
Du mußt dich fügen, wie du dich gefügt
Als wir noch kämpften – zwar ich ward besiegt.
(Zu Dobromila.)
Der Gürtel drückt, bind ihn mir loser.
Dobromila. Herrin,
Er liegt schon locker jetzt.
Libussa *(zu Primislaus)*. Kennst du den Gürtel?
Primislaus. Leg ihn von dir wenn er die Brust beengt.
Libussa.
Er folgt mir bis ins Grab. Und dann, mein Gatte,
Er bringt mir das Gedächtnis meines Vaters
Und meiner Schwestern vor den dunkeln Sinn.
Da wachen Bilder auf und gehn und kommen,
Ich seh in ihrem Geist was trüb in mir.
Nur jetzt! – Doch sind sie traurig. Fort mit ihnen!
Wlasta. Und glaubst du dich berechtigt ihn zu tragen?
Libussa. Mein Vater gab ihn mir, so wie den Schwestern.
Wlasta. Er gab ihn euch als Jungfraun, Unvermählten,

Als unberührt von dieser Erde Harm,
Als Zeichen eines höhern Stamms und Ursprungs.
Du hast vermengt dich mit dem Irdischen,
Bist ausgetreten aus dem Kreis der Deinen.
Die Steigerung, die heilige Begeistrung,
Dir sonst natürlich, ist nur noch ertrotzt,
Erzwungen. Wag's nicht, du erträgst es nicht.

Libussa. Ich will nicht nutzlos sein im Kreis der Dinge.
Kann ich nicht wirken in der Zeit, die neu,
So will ich segnen – euch, das Volk und mich.
Darum ans Werk! Bringt dunkles Harz
Und Bilsenkraut, Stechapfelsamen
Und werft es in die Glut. Wir wollen's schlürfen,
Mit Rauch umnebeln unsern matten Sinn,
Daß er im Schlafe wacht und schläft im Wachen.
(Da Primislaus sich ihr nähert.)
Ich will's, ich will's! Schon hab ich euch's gesagt.
Und endlich freut's dich doch, dient deiner Absicht.
Hinaus, hinaus!
(An der Türe stehenbleibend.)
Und kehren wir zurück,
So bin ich wieder dein gehorsam Weib.
(Ab.)

Primislaus. Ich duld es nicht!
(Er eilt ihr nach.)

Wlasta. Du wirst, du mußt dich fügen,
Der Wurf geworfen, fällt das Los – und trifft.
(Sie folgt.)

Freier Platz mit Bäumen umgeben. Im Mittelgrunde, gegen die rechte Seite zu, ein Hügel mit einem Opferaltare auf dem ein Feuer brennt; daneben ein goldener Stuhl. Volk füllt den Hintergrund, darunter die Wladiken.

Lapak *(nach vorn kommend)*.
Das Fest ist abgestellt.

Domaslav. Um so viel besser!
(Halblaut.)
Was ist auch diese schlauentworfne Stadt

Als Schwächung unsers Ansehns, unsrer Macht?
Wenn erst das Volk in großer Zahl vereint,
Ist von uns jeder minder als er war,
Der Mächt'ge kaum gewachsen so viel Kleinen.

Biwoy.
Es bleibt der Mann ein Mann, das Schwert ein Schwert.

Lapak. Laßt uns nach Haus.

Domaslav. Doch seht, dort kommt die Fürstin.
So will man doch –

Lapak *(sich zurückziehend).*
Erwarten wir's in Demut.

(Libussa mit starken Schritten voraus. Hinter ihr Primislaus, Wlasta und Gefolge.)

Libussa. Hier ist der Ort und dort ist meine Stelle.
(Gegen den Altar gewendet.)

Primislaus. Noch einmal bitt ich dich: Laß ab Libussa!

Libussa. Du hast den Geist in mir heraufbeschworen,
Wie schwach er ist, doch drängt er jetzt als Geist.
(Zu den Dienerinnen.)
Legt Kräuter in die Flamme, die ich gab
Und Wlasta kennt; wir wollen rasch vollenden.

Primislaus.
Laß uns den Bau beginnen, wenn du's billigst,
Die Weihe sparen wir für spätre Zeit.

Libussa.
Den Göttern ist der Anfang und das Ende,
Was ohne sie beginnt, vergeht beim Anfang.

Du Primislaus leb wohl! heißt das: auf kurz,
Bis wir uns wiedersehn auf lange – lange.
(Sie hat den Hügel bestiegen.)
Der Rauch steigt nicht empor, ein böses Zeichen,
Indes in mir die sonst'ge Flamme Rauch.
(Sie setzt sich.)
Der Geist erloschen und der Körper schwach.
(Ihr Haupt sinkt auf die Brust.)

Domaslav *(zu Biwoy halblaut).*
Mir deucht sie schläft.

Primislaus. Libussa.

Wlasta. Laß sie, laß!
Wenn du sie störst, gefährdest du ihr Leben.

Libussa. Gehütet hab ich euch dem Hirten gleich,
Der seine Lämmer treibt auf frische Weide.
Ihr aber wollt nicht mehr gehütet sein,
Wollt selbst euch hüten, Hirt zugleich und Herde.
So will's vielleicht der Gang der raschen Welt,
Das Kind wird Mann, der Mann ein Greis – und stirbt.
(Sich zurücklehnend.)
Im Geiste seh ich einen schönen Garten
Und drin zwei Menschen beiderlei Geschlechts
Und einen Göttlichen, das Bild der Güte,
Der ihnen freigibt jede Frucht und jeden Baum,
Bis nur auf *einen,* dessen Frucht Erkennen.

Ihr habt gegessen von dem Wissens-Baum
Und wollt euch fort mit seiner Frucht ernähren.
Glück auf den Weg! ich geb euch auf von heut.
Und eine Stadt gedenkt ihr hier zu baun;
Hervorzugehn aus euern frommen Hütten,
Wo jeder war als Mensch, als Sohn und Gatte,
Ein Wesen das er selbst und sich genug.
Nicht Ganze mehr, nur Teile wollt ihr sein
Von einem Ganzen, das sich nennt die Stadt,
Der Staat, der jedes einzelne in sich verschlingt, Hypostase
Statt Gut und Böse, Nutzen wägt und Vorteil d. Staats
Und euern Wert abschätzt nach seinem Preis. (Göthe)
Aus eurem Land, das euch und sich genug,
Beglückt mit allem was das Leben braucht,
Von Bergen eingeschlossen die sein Schutz,
So daß wenn rings so Land als Meer verginge,
Es für sich selbst bestünde, eine Welt,
Wollt ihr heraus mit habbegier'gem Trachten
Und heimisch sein im Fremden, fremd zu Haus.

Seht an den Bach, so schön in seinen Ufern,
Wie alles blüht und lacht, wie froh er murmelt;
Doch strebt er weiter, weiter bis zum Strom,
Ergießt sein Wasser in die fremden Wellen,
Dann wird er breit und tief und rasch und mächtig,
Doch Diener eines andern, nicht er selbst,
Nicht mehr der Bach mit seinen klaren Wellen.

Es lösen sich der Wesen alte Bande,
Zum Ungemeßnen wird was hold begrenzt,
Ja selbst die Götter dehnen sich und wachsen
Und mischen sich in *einen* Riesengott;
Und allgemeine Liebe wird er heißen.
Doch teilst du deine Liebe in das All,
Bleibt wenig für den einzelnen, den nächsten,
Und ganz dir in der Brust nur noch der Haß.
Die Liebe liebt den nahen Gegenstand,
Und *alle* lieben ist nicht mehr Gefühl,
Was du Empfindung wähnst ist nur Gedanke,
Und der Gedanke schrumpft dir ein zum Wort,
Und um des Wortes willen wirst du hassen,
Verfolgen, töten – Blut umgibt mich, Blut,
Durch dich vergossen fremdes und von Fremden deines –
Die Meinung wird dann wüten und der Streit,
Der endlos, weil die Meinung nur du selbst
Und du der Sieger bist und der Besiegte.
Löst endlich sich die Zwietracht auf in Nichts,
Bleibt dir die Welt behaftet mit der Willkür.
Da du so lange dich in Gott gedacht,
Denkst du zuletzt den Gott nur noch in dir.
Der eigne Nutzen wird dir zum Altar
Und Eigenliebe deines Wesens Ausdruck.
Dann wirst du weiterschreiten fort und fort,
Wirst Wege dir erfinden, neue Mittel
Für deinen Götzendienst, dem gier'gen Bauch
Und der Bequemlichkeit zur eklen Nahrung.
Durch unbekannte Meere wirst du schiffen,
Ausbeuten was die Welt an Nutzen trägt,
Und allverschlingend sein vom All verschlungen.

Nicht mehr mit blut'gen Waffen wird man kämpfen,
Der Trug, die Hinterlist ersetzt das Schwert.
Das Edle schwindet von der weiten Erde,
Das Hohe sieht vom Niedern sich verdrängt.
Und Freiheit wird sich nennen die Gemeinheit,
Als Gleichheit brüsten sich der dunkle Neid.
Gilt jeder nur als Mensch, Mensch sind sie alle,
Krieg jedem Vorzug heißt das Losungswort.
Dann schließen sich des Himmels goldne Pforten,

→ Polit. Stellung Grillps. = Konservativ

Begeisterung und Glauben und Vertraun
Und was herabträuft von den sel'gen Göttern
Nimmt nicht den Weg mehr zu der flachen Welt.
Im Leeren regt vergebens sich die Kraft
Und wo kein Gegenstand da ist kein Wirken.
Laßt mich herab! ich will nicht weiter forschen,
Die Sinne schwindeln und der Geist vergeht.

Primislaus. Libussa komm zu uns! Ich seh's, du leidest,
Und unser Werk – wir geben's auf von heut.

Libussa.
Baut eure Stadt, denn sie wird blühn und grünen.
Wie eine Fahne einigen das Volk.
Und tüchtig wird das Volk sein, treu und bieder,
Geduldig harrend bis die Zeit an ihm.
Denn alle Völker dieser weiten Erde,
Sie treten auf den Schauplatz nach und nach:
Die an dem Po und bei den Alpen wohnen,
Dann zu den Pyrenäen kehrt die Macht.
Die aus der Seine trinken und der Rhone,
Schauspieler stets, sie spielen drauf den Herrn.
Der Brite spannt das Netz von seiner Insel
Und treibt die Fische in sein goldnes Garn.
Ja selbst die Menschen jenseits eurer Berge,
Das blaugeaugte Volk voll roher Kraft,
Das nur im Fortschritt kaum bewahrt die Stärke,
Blind wenn es handelt, tatlos wenn es denkt,
Auch sie bestrahlt der Weltensonne Schimmer
Und Erbe aller Frühern glänzt ihr Stern.
Dann kommt's an euch, an euch und eure Brüder,
Der letzte Aufschwung ist's der matten Welt.
Die lang gedient sie werden endlich herrschen,
Zwar breit und weit, allein nicht hoch noch tief;
Die Kraft, entfernt von ihrem ersten Ursprung,
Wird schwächer, ist nur noch erborgte Kraft.
Doch werdet herrschen ihr und euern Namen
Als Siegel drücken auf der künft'gen Zeit.
Doch bis dahin ist's lang. Was soll ich hier?
Ihr habt gelernt Begeisterung entbehren,
Ihr fragt den Geist und gebt die Antwort selbst.
Ich sehe meinen Vater, meine Mutter,
Sie ziehen fort und lassen mich allein.

Auch diese Flamme, seht nur, sie erlischt,
Und statt der Glut umnebeln mich die Dämpfe,
Sonst angewohnt und nun belastend mich.
(Da die oben stehende Dienerin die Flamme anfachen will.)
Laß nur! Die Flamme lischt, ich fühl es wohl.

Primislaus. Laßt mit Gewalt sie uns vom Altar reißen,
Ihr teures Dasein, fürcht ich, ist bedroht.

Libussa *(aufstehend).*
Hört ihr? Das sind der Schwestern Wanderschritte.
Ihr habt vom Wischehrad sie ausgetrieben,
Sie ziehen fort und lassen mich allein.
Was soll ich noch, die Eltern-, Schwestern-lose?
Euch selber bin ich nur die Märchen-Kund'ge,
Auf die ihr hört so weit es euch gefällt,
Und handelt wie's euch eingibt eigne Lust.
Ich aber rede Wahrheit, Wahrheit, nur verhüllt
In Gleichnis und in selbstgeschaffnes Bild.

Da kommen sie die Schwestern, die Vertriebnen,
Sie fliehn vor euch wie ihr vor ihnen floht.
(Kascha und Tetka, von ihren Jungfrauen paarweise begleitet, kommen über eine Anhöhe im Hintergrunde.)

Libussa. So zieht ihr fort?

Kascha. Nimm unsern Gruß zum Abschied.

Libussa. Wo aber hin?

Tetka. Ins Elend, in die Welt.

Primislaus.
Sucht aus den Schlössern dieses weiten Landes
In Berg und Tal euch aus den künft'gen Sitz.

Kascha. Wir haben nichts mit dir.
(Zu Libussa.) Gehst du nicht mit?

Libussa. Ich kann nicht, seht ihr wohl.

Kascha. Wir warnten dich.
Warum hast du an Menschen dich geknüpft?

Libussa. Ich liebe sie, und all mein Sein und Wesen
Ist nur in ihrer Nähe was es ist.

Tetka. Sie aber töten dich.

Libussa. Vielleicht. – Und doch:
Der Mensch ist gut. – O bleibt noch, bleibt! Ich fühle
Wie eure Gegenwart den mächt'gen Geist,

Der halb erloschen, neu zu Flammen facht.
Der Mensch ist gut, er hat nur viel zu schaffen,
Und wie er einzeln dies und das besorgt,
Entgeht ihm der Zusammenhang des Ganzen.
Des Herzens Stimme schweigt, in dem Getöse
Des lauten Tags unhörbar übertäubt,
Und was er als den Leitstern sich des Lebens
Nach oben klügelnd schafft, ist nur Verzerrung,
Schon als verstärkt, damit es nur vernehmlich.
So wird er schaffen, wirken, fort und fort.
Doch an die Grenzen seiner Macht gelangt,
Von allem Meister was dem Dasein not,
Dann wie ein reicher Mann, der ohne Erben
Und sich im weiten Hause fühlt allein,
Wird er die Leere fühlen seines Innern.
Beschwichtigt das Getöse lauter Arbeit,
Vernimmt er neu die Stimmen seiner Brust:
Die Liebe, die nicht das Bedürfnis liebt,
Die selbst Bedürfnis ist, holdsel'ge Liebe;
Im Drang der Kraft Bewußtsein eigner Ohnmacht;
Begeisterung, schon durch sich selbst verbürgt,
Die wahr ist, weil es wahr ist daß ich fühle.
Dann kommt die Zeit, die jetzt vorübergeht,
Die Zeit der Seher wieder und Begabten.
Das Wissen und der Nutzen scheiden sich
Und nehmen das Gefühl zu sich als Drittes;
Und haben sich die Himmel dann verschlossen,
Die Erde steigt empor an ihren Platz,
Die Götter wohnen wieder in der Brust,
Und Demut heißt ihr Oberer und Einer.
Bis dahin möcht' ich leben, gute Schwestern,
Jahrhunderte verschlafen bis dahin.
Doch soll's nicht sein, die Nacht liegt schwer am Boden
Und bis zum Morgen ist noch lange Zeit.
Die Kraft versiegt, mein Auge schwimmt im Dunkel.
Fort alles was um mich noch Gegenwart,
Die Luft der Zukunft soll mich frei umspielen.
Fort dunkler Schleier und du teures Kleinod,
Du drückst die Brust, belastet zentnerschwer.
(Schleier und Gürtel von sich und den Hügel herabwerfend.)

Nun ist mir leicht. Ich sehe grüne Felder
Und weite Wiesen, himmlisch blaue Luft.
Die Erde schwankt, der Boden steigt empor,
Doch immer weiter, größer wird der Abstand.
Ein dunkler Schmerz er kriecht an meine Brust,
Ich sehe nicht mehr die mir angehören.
(In den Stuhl zurücksinkend.)
O Primislaus war das dein letzter Kuß?

Primislaus. Libussa, meine Gattin, all mein Glück!

Kascha. Es stand dir nah, du stießest es zurück.
Geliehen war sie euch und nicht geschenkt,
Vertraun gehorcht, der Eigenwille denkt.
Wir nehmen sie mit uns auf unsrer Fahrt,
Bis ihr des Segens würd'ger als ihr wart.
(Indem sie ihren Gürtel ablöst und zu dem auf dem Boden liegenden Libussas hinwirft.)
Aus diesem Gold laßt eine Krone schmieden.
(Mit Handbewegung nach dem Hügel und gegen den Boden.)
Das Hohe schied, sein Zeichen sei hienieden.

(Während sie im Begriffe ist den Hügel zu besteigen und ihre Jungfrauen paarweise dieselbe Richtung nehmen, wobei Tetka ihren Gürtel gleichfalls ablöst und hinwirft, fällt der Vorhang.)

Osw. Spengler: Untergang des Abendlandes

Stadtgründung
↳ Unabhängigkeit, auf eigenen Füßen stehen, → Selbstbewußtsein.

NACHWORT

Im Jahre 1822 vermerkte der damals einunddreißigjährige Grillparzer in seinem Tagebuch, er sei sich über den fünften Akt der *Libussa* noch nicht einig. Um diese Zeit, wahrscheinlich schon etwas früher, setzten die Arbeiten an dem Drama ein. Der Stoff war Grillparzer durch das Volksmärchen *Die Töchter Kroks* aus der Sammlung des Musäus und durch die tschechische Libussa-Sage seit seiner Kindheit bekannt, Clemens Brentanos Drama *Die Gründung Prags* (1815) hatte ihn erneut angeregt. Doch ging die Vollendung des Werkes nur sehr langsam vonstatten. 1840 wurde der erste Akt bei einer Wohltätigkeitsveranstaltung im Wiener Burgtheater aufgeführt und ein Jahr später gedruckt. Das ganze Stück aber, das wahrscheinlich im Jahre 1848 vollendet wurde, blieb mit dem *Bruderzwist in Habsburg* und der *Jüdin von Toledo* in der Schreibtischlade des Dichters. Erst nach seinem Tod wurde es im Nachlaß veröffentlicht und am 21. Januar 1874 im Wiener Burgtheater uraufgeführt.

Bei der Deutung dieser Dichtung lassen sich drei Sinnschichten herausarbeiten, die ihren formalen und gedanklichen Aufbau bestimmen: die persönliche Lebensproblematik, vor allem das Liebeserlebnis Grillparzers mit Kathi Fröhlich, eine staats- und kulturpolitische Aussage und die Suche nach einer Antwort auf letzte Menschheitsfragen. Zunächst aber ist es wohl notwendig, sich das Fabelgerüst der Dichtung zu vergegenwärtigen.

Libussa, die jüngste der drei Töchter des kranken Herzogs Krokus, wird von dem Landmann Primislaus aus den Strudeln des Gießbaches gerettet und mit Kleidern versehen. Sie ist durch diese Begegnung aus dem Kreise der Ihren herausgetreten, auch wenn sie zu ihnen zurückkehrt, in dieses mythisch-dunkle Zwischenreich über der diesseitigen Welt. Freiwillig übernimmt sie das Erbe des verstorbenen Vaters, die Regierung des Tschechenvolkes, verläßt die Ihren und zieht ins Menschenland. Mit überlegener Klugheit regiert sie, das Volk liebt sie, die Edelleute umwerben sie. Doch ihre Hand erhält nur, wer ihr das fehlende Kleinod an ihrer goldenen Kette bringt. Primislaus erfüllt die Bedingung, denn in seinen Händen blieb jenes Kleinod der Kette, das er ihr heimlich nahm. Sie vermählt sich ihm, allerdings im Bewußtsein ihres Andersseins, ihrer mythischen, jenseitigen Herkunft. Sie leiht Primislaus ihre Macht, daß er die Stadt einer neuen Welt, Prag, bauen kann. Doch diese neue Welt ist zugleich das Todesurteil für die alte, für Libussas Welt der Urzeit. Sie gibt der Stadt noch die heilige Weihe und verkündet seherisch die große Zukunft des Volkes. Dann sinkt sie tot nieder.

Wie die anderen Frauengestalten in Grillparzers Dramen ist auch die der Libussa stark vom persönlichen Erleben des Dichters geprägt. Damit sind verwandte Züge erklärbar, die sich vor allem zwischen Libussa und Sappho feststellen lassen: die vom Schicksal Auserwählte wird sich selbst und ihrer Bestimmung untreu, um unter Menschen menschliche Freuden zu genießen. Nach dem Motiv, das schon in Schillers *Jungfrau von Orleans* vorkommt, überwindet in Libussa das Weib mit seiner Liebe zu Primislaus die Seherin und Herrscherin. Vergebens sucht Libussa diese Entwicklung zurückzunehmen, und erst die Todesstunde mit der Selbstüberwindung gibt ihr die Sehergabe wieder. Auch die dem priesterlichen Dienst geweihte Hero in *Des Meeres und der Liebe Wellen* stürzt in Herzenswirren und wird ebenso dadurch ihrer höheren Aufgabe untreu.

Neben Hero und Sappho muß man Libussa stellen, nicht nur wegen der zeitlichen Nachbarschaft der dichterischen Schöpfung dieser Gestalten, sondern um des Erlebnisgrundes willen, der ihnen gemeinsam ist: die Liebe Grillparzers zu Kathi Fröhlich. Man hat an dieser großen Liebesleidenschaft, der nie eine Erfüllung in der Ehe, sondern nur ein langer, mit bitteren Auseinandersetzungen erfüllter Brautstand und endlich ein freundschaftliches Nebeneinander beschieden war, viel herumgedeutet und hat mit Recht in dem für beide Seiten leidvollen Zurückweichen des Dichters einen Ausdruck einer zutiefst in seiner zwiespältigen Natur wurzelnden Lebensangst gesehen. Als Grillparzer 1848 in den Haushalt der Geschwister Fröhlich einzog, hatte sich die Leidenschaft zur Freundschaft abgekühlt. Die damals gediehene Ausarbeitung des Werkes hat so mehr und mehr die staatspolitischen und philosophischen Ideen in den Vordergrund treten lassen.

Die Liebeshandlung zwischen Primislaus und Libussa wurde jetzt nur mehr Chiffre, nur mehr Deutungsanlaß für die kultur- und staatspolitische Aussage: das goldene Zeitalter des mythischen Matrimoniums geht zu Ende, als sich Libussa in Liebe zu einem Sterblichen verliert und ihn erhöht, um die Herrschaft an ihn abzutreten. Libussas Liebeserleben bezeichnet also die Wende zweier Zeitalter, die Wende von der Natur zur Kultur, vom sozialen Urzustand der Familie zur gesellschaftlichen und staatlichen Ordnung, vom dunklen Zauberwesen der Mythe zum hellen Licht der Erkenntnis. Die Welt des Primislaus, in der sich alles vernunftmäßig auflöst, diese nüchterne, dem Nutzen dienstbar gemachte Welt der gerodeten Wälder, kann nicht die Welt Libussas sein. Ihre Liebe zu Primislaus war zutiefst eine tragische Liebe, die durch die Wende zweier Zeitalter zerrissen wird, die noch in der Ungewißheit der Dämmerung gedeihen kann, aber den Tag fürchten muß, der das Reich Libussas zerstören wird. „Der Osten graut, dem Tage weicht die Nacht“, heißt es beziehungsvoll zu Ende des ersten Aktes.

Mit dem Dämmerlicht zweier einander ablösender Zeitalter, das Libussas Gestalt umgibt, ist schon die politische, auf die damalige Umwelt des Dichters beziehbare Aussage umrissen. Damit rückt das Werk nahe an die beiden anderen Dramen heran, die erst nach dem Tode des Dichters bekannt werden durften: *Die Jüdin von Toledo* und *Ein Bruderzwist in Habsburg*. Es ist die Stimmung des vormärzlichen Österreich knapp vor der Revolution von 1848, die den Dichter bei der Niederschrift umgab und beeinflußte: die Stimmung des sich langsam totlaufenden Metternichschen Systems, der dem Untergang geweihten absoluten Feudalmonarchie, da hinter den überlebten politischen Kulissen sich die von Technik und Industrie geprägte neue bürgerliche und proletarische Gesellschaft abzeichnete und mit ihr die alles abschleifende und nivellierende Zivilisationswelt, in der auch das geistige Erbe Weimars in Frage gestellt wird. Einen umwälzenden Wandel menschlicher Ordnungen hat Grillparzer in diesen drei Dramen auf die Bühne gebracht, künstlerisch gestaltet und gedeutet, darüber hinaus seherisch in eine neue Zukunft gewiesen. In manchen prophetischen Worten Kaiser Rudolfs im *Bruderzwist,* in manchen Versen, die Libussa im fünften Akt in den Mund gelegt werden, ist unsere Zeit direkt angesprochen, wird sie vorausgeahnt. Nur ist in *Libussa* – im Gegensatz zum *Bruderzwist* – die hoffnungslose Düsterkeit und die Katastrophenstimmung einem versöhnlicheren Zukunftsbild gewichen.

Unversehens aber mündet die politische Aussage, das Bekenntnis des Dichters der Zeitenwende zur Bewahrung und Rettung des geistigen und kulturellen Erbes inmitten eines neuen, eher gefürchteten als geliebten Zeitalters der Volksherrschaft ein in die Erörterung ewiger Menschheitsfragen, für die gerade der Rahmen des Märchens, den der Dichter sehr absichtsvoll in diesem Werke nie verließ, die Möglichkeit der gleichnishaften Aussage bot.

In der Abschiedsrede Libussas im fünften Akt finden sich die Verse:

„Die Erde steigt empor an ihren Platz,
Die Götter wohnen wieder in der Brust,
Und Demut heißt ihr Oberer und Einer."

Als Libussa diese Verse spricht, ist sie vom Tode gezeichnet, den die neue Zeit des Primislaus für sie bereitete. Aber sie hat sich auch zu einer Haltung durchgerungen, die bereits über den Gegensätzen des Diesseits und der Menschenwelt steht, getragen von der Einsicht, daß der Mensch gut sei. Sie hofft, daß dieser gute Mensch auch das neue Zeitalter, die Epoche der Zivilisation, die Welt des Schaffens und Wirkens bestehen wird, daß er in dieser nüchternen Welt sich nach seiner ursprünglichen geistigen Heimat sehnen wird, in der er sich über die täglichen Bedürfnisse, über die Jagd nach Nutzen und Erfolg erheben kann. Alles liegt nun beim Menschen. Der Himmel, die Götterwelt Libussas, ist verschlossen, die alten Götter ziehen nun in die Brust des Menschen ein – Grillparzer bekennt sich hier zum anthropozentrischen Weltbild der deutschen Klassik, die das göttliche Jenseits in den zu einer größeren humanitären Verantwortung emporgestiegenen Menschen verlegte.

Für das Wort „Demut" in der letzten Fassung der Handschrift setzte Grillparzer ursprünglich in verschiedenen Varianten: „menschlich fühlen", „Menschheit", „Menschlichkeit", „hilfreich sein", „Menschenwert". Mit „Demut" aber wollte er offensichtlich jenen Wert in der humanitären Wertehierarchie bezeichnen, der das menschliche Ich zur Selbstbescheidung und Selbstbeschränkung mahnt. Weder die so überheblich über die Menschen urteilenden Schwestern Libussas haben diese Demut, noch der ganz nüchternen Nützlichkeitsinstinkten unterworfene Primislaus. Die Demut ist sozusagen ein Geschenk Libussas an die künftige Welt, die aber auch nicht die Zivilisationswelt der nächsten Zukunft sein wird: „Jahrhunderte verschlafen bis dahin." Erst nach dieser Welt wird das goldene Zeitalter anbrechen, dann erst, wenn die Menschen die in der Zivilisation verlorengegangene Einheit mit der Natur, die in Libussas Reich herrschte, zurückgewinnen.

„Dann kommt die Zeit, die jetzt vorübergeht,
Die Zeit der Seher wieder und Begabten."

Grillparzers Überzeugung ist es, daß in dem verschlungenen und der Barbarei oft hoffnungslos erliegenden Schicksalsweg der Völker die dem Menschen innewohnende Humanität immer wieder siegreich durchbricht:

„Dann wie ein reicher Mann, der ohne Erben
Und sich im weiten Hause fühlt allein,
Wird er die Leere fühlen seines Innern.
Beschwichtigt das Getöse lauter Arbeit,
Vernimmt er neu die Stimmen seiner Brust:
Die Liebe, die nicht das Bedürfnis liebt,
Die selbst Bedürfnis ist, holdsel'ge Liebe ..."

Heinz Rieder